老いる意味

うつ、勇気、夢

森村誠一

作家

718

中公新書ラクレ

はじめに

長く生きて思うこと

人生とは天気のようなものである。

暴風雨に見舞われ樹々が根こそぎ倒れても、必ず台風は通り過ぎる。清々しい台風一過の朝が来る。若い人の上にも老人の上にも、太陽の光が射してくる。

私にはいつもの日課がある。原稿を書き上げると、二階にある仕事場のベランダに出て、屈伸運動をする。執筆を続けていて疲れが溜まってくると、肩や背中、腰などが固まったようになる。目も疲れるので、体を動かしながら遠くの空を見上げるのだ。

晴れた日は遠くの山並みまで見渡せ、曇った日はどんよりとした雲が押し寄せてくるようだ。どちらにせよ気持ちがいい。遠くに視線をめぐらせていると、思いがけない景色の変化に気がつくこともある。

原稿に没頭した徹夜明けの朝だと、背広を着ている人たちが急ぎ足で一方向に歩いていく姿も見える。

二〇二〇年の初夏は、ベランダから見える光景がこれまでとは違った。新型コロナウイルスの感染拡大のためである。「自粛《じしゅく》」、「ステイホーム」、「テレワーク」が合い言葉のようになり、街や道から行き交う人の姿がパタッと消えたのである。その後はまた人の往来も戻ってきたが、つらい一年であった。

八十八歳。長く生きていればいろいろな病気もした。老人性うつ病とは闘ったが、手術をするような大病はなかった。学生時代は山岳部で日本百名山の制覇を目標にしていたくらいで、足腰は若者にも負けない。おかげで同年齢の方と比べても腰は曲がっていなく、私の自慢でもあった。

ただ、私は作家の職業病の腰痛に五十代から苦しめられた。一日中、椅子に座って仕事をしている作家にとって腰痛はつらい。痛みがひどかったときは本当に弱った。痛み止めの注射も効かず、座っていられないだけでなく、立ってもいられない。何とも不可思議な体勢で、のたうち回るようにしながら原稿用紙に向かっていた。出版社の締め切り間際の時は本当につらかった。

かつて松本清張氏が「作家に問われるのは、何時間、机にしがみついていられるかだ」と話していたことがあったのを思い出し、「負けるものか」と闘志を燃やしたのを覚えている。

腰痛とは、精神的な要素と肉体的な要素の双方が問われる大問題である。腰痛がひどければ、どうしたって机にしがみついてはいられない。藁《わら》にもすがる気持ちで、あちらこちらの病院や整体師のもとを訪ねて回り、十年がかりというか二十年近い闘いの果てに克服することができた。というか、腰痛におとなしくなってもらっているのだ。

作家生活五十年の節目、その五年前の二〇一一年に『悪道』で第四十五回吉川英治文学賞を受賞した際には「これからまだ五十冊を書く」と挨拶で宣言していた。そのときには連載も数多くかかえていたし、私の頭の中にはいくつものアイデアがあった。書くべき種子というか小説のタマゴのようなものが蠢いており、そのタマゴたちから「早く孵化《ふか》させてくれ」と言われている気がしていた。

人生五十年時代から人生八十年時代になり、ついには「人生百年時代」だ。少し前のサラリーマンは定年退職によってとりあえずのゴールを迎えて、そこから先は余生になる感覚だった。いまはそういう枠組は当てはまらなくなっている。

定年退職を迎えたあと、それなりの延長戦を過ごして七十歳、八十歳となったときにようやくシニア世代となっていく。

その時点で立っているのは、終着駅ではなく「第二の始発駅」である。

そこまでに蓄えてきた経験や知識、交友関係や経済力、あるいは病歴や孤独など、良くも悪くもいろいろなものをかかえて新たな旅に出かけることになる。

ただ「第二の始発駅」では必ずしも順風満帆ではない。老後には病気をするし、親しい人の訃報も聞いたり、明るい幸せだけではない。

私もエネルギーが尽きたとは思っていない。いまなお濃密な時間を過ごしている実感がある。人生の旅に本当の意味でのピリオドが打たれるまで、それは変わらないはずだ。

旅に病んで　夢は枯野を　かけ廻る

俳聖・松尾芭蕉は死の四日前、病床でこの句を詠んだ。

辞世の句ともいわれているが、本人は「※病中吟《びょうちゅうぎん》」と書いているので、結果的に最後の句になっただけだという見方もされているが、心中を垣間見る名句である。

病が重く、命の火が尽きようとしていても、芭蕉は夢を追い続けていたわけである。

私もまた、そのようにありたい。

この一月二日に満年齢で米寿を迎え、そういう思いをいっそう強くした。

いまはまだ旅の途中に過ぎないのである。

森村誠一

※病気の意味でなく、心の中にある病のような苦悩のこと。

目次

私は「元の人間」に戻れるのでしょうか？
医師にすがるしかなかった日々
いつもの朝が戻ってきた……
新たな試み「終点のない夢」
「道」が続いている限り歩みは止めない
まだ、頑張れるじゃないか

第2章
老人は、余生に寄り添う

余生は長い、「余った人生」ではなくなった
眉毛が伸びてきてショックを受けた
未来に目を向ければ、いまの自分が「いちばん若い」
最先端を追い続けている限り、自分も不変である
人生は「三つの期」に分けられる

人生とは天気のようなものである
老いに入ることと、老化したかは別問題
老後は「人生の決算期」である
「人生の第三期」は好きに生きていく
余生にまで倹約を続ける必要はない
「いい意味でのあきらめ」も必要である
「条件付き健康」で良しとする
欲望は生きていくうえでのビタミンと同じ
何もしなくていい「楽隠居」は楽ではない
生きている意味を見失わないために
「生涯現役」でいやすい田舎の老人
「自由を謳歌」しやすい都会の老人
百歳までにどれだけのペンを使うかを計算した
人間の寿命は加速度的に延びている
「人生百年時代」の老人

老人たちよ、大志をいだけ

第3章 老人は、死に寄り添う

飼い猫の寿命と野良猫の寿命

猫からも死のあり方を教えられてきた

妻に先立たれる可能性も決して低くない

男は妻に依存していることが多い

女房なしでは「男はつらいよ」

夫婦の関係はいつまでも同じではない

「離婚」を切り出されてもおかしくない

肉親の死にも立ち会うことになる

「私はお前の心の中に生きている」

「お荷物老人」にならないために

歳を重ねれば、仲間たちが去っていく
心の傷はなかなか癒えない

第4章
老人は、健康に寄り添う

短くても「人間的な眠り」を大切にする
コップ一杯の水が脳卒中を防ぎ、少しの牛乳が胃を治す
自律神経のメカニズムを知り、就寝時間を考える
眠れなくても、それをストレスにすべきではない
「昼寝」の効用は大きい
糖尿病予防を考えた「入浴法」
食事のとり方もおよそ決まっている
誰でも「一日三食」がいいとは限らない
「量より質」で、おいしいものを求め続ける
贅沢品や嗜好品を求めての「人間らしい生活」
緑内障と最高のコーヒー
自分の「便」は観察しよう
「うつ」に苦しまないために
「老い」をプラスに考えることも大切
二十歳で死ぬことが義務づけられていた時代

第5章
老人は、明日に向かって夢を見る……… 195

編集協力／石坂茂房
内池久貴
本文ＤＴＰ／今井明子

老いる意味

うつ、勇気、夢

第1章

私の老人性うつ病との闘い

その日、朝がどんよりと濁っていた

その日の朝はいつもと違った。

今日も充実した時間を過ごせるだろうと思っていた早朝、いつものようにベランダに出て、爽やかな空気を吸いながら身体を動かそうとしたとき、違和感を覚えた。

前日まではまったく違ったように、朝がどんよりと濁っていたのである。

雲が多いとか、そうしたことではなかった。

仕事に疲れたのかなと思い、毎朝欠かさなかった朝の散歩をやめて寝床に戻った。

眠ることはできた。いつもより休めたはずなのに、眠気が残っていた。

しかし、その日から爽やかな朝に出合えなくなったのである。

朝の散歩をしていても、車の排ガスがひときわ濃厚に自分を包んできた。

私の身に何かがある。大学病院に診察に行くと老人性うつ病と認知症の合併を疑われることになった。

二〇一五年に『遠い昨日、近い昔』を書き上げたあとくらいのことだ。皮肉なことにも『遠い昨日、近い昔』は私自身の生き方を描いた自伝エッセイであった。

その頃まで、あまりにも多忙な暮らしになっていたのが原因として大きかったのだと考えた。作家なので執筆だけではなく講演もあり、テレビやラジオの出演も続いていたなかで、まさか老人性うつ病を疑われるとは思いもよらなかった。それはつらい日々の始まりであった。

言葉が、文章が、汚れきっていた

最初のうちは気のせいだとも思った。

しかし、仕事部屋で原稿用紙に向かったときに愕然《がくぜん》とした。

原稿を書き進めていこうとすると、これまで書いてきた文章とはまったく違う雑然とした文体になっていたのである。

言葉が、文章が、汚れきっていたのである。

書き直そうとしても修正できなかった。

これまでに書いてきた作品を読み直し、くらべてみると、あきらかに文章が違うのがわかった。自分で書いている文章のはずなのに、自分のものではなかった。

五十年間、創作を続けてきていながら、小説を書こうとしても、短いエッセイを書こうとしても、俳句や詩を書こうとしても、これまで書いてきたものには及ばなくなっていた。及ばないというよりは、五十年分の作品の延長として書くことができなくなっていたのである。自分自身の納得が出来なかった。


大病を経験したことがなく、常日頃から健康に留意していた私としては、極端な多忙による疲労によって、そうなったのだとしか思えなかった。

「これからまだ五十冊を書く」と宣言していながらも、このままではとてもそんなことはできない。その現実を前にして、打ちのめされた。

八十代に入って創作を続けるのに疲れてはきていたが、書く意欲は失っていなかった。これから五十作書くと宣言していたように、それだけのアイデアは持っていた。息を引き取る直前近くまで精力的な執筆活動を続ける作家は少なくないが、私もまた、それができると思っていた。疑っていなかったといっていい。

思うように書けなくなっていることに気づいた朝を境にして、それまでの執筆ができなくなったのである。

病院に診断結果を聞きに行って、わかった。

老人性うつ病という暗い暗いトンネルに入ってしまっていたのである。

うつによって生活のすべてが暗くなった

毎朝五時頃に起きると、そこからつらい一日が始まる。

医師に処方してもらったクスリを飲みながら、「いつになったら症状は軽くなるのか」と焦りばかりをふくらませていた。生活の中でストレスが蓄積していき、心が重くなる。

うつを経験していた友人による「窓は開いている」との言葉を励みにして、以前のような朝を迎えられる日を待ち続けるしかなかった。

仕事は抑えていたので、どこへ行って何をしようと自由な日が続いた。そんなことは五十年ぶりだったのに、何をしていいかもわからなかった。疲労を癒すためには「のんびりと過ごすように」と医師から言われていたが、家でゆっくりしていることが少しも楽しくなかった。

老人性うつ病によって生活のすべてが暗くなっていた。

旅行や遊びに出る気にはなれず、医師と話をすることだけが救いになっていた。

食事には気をつかい、充分な睡眠もとっていたつもりでも、休養がとれている気にはなれず、不安がつのっていく一方だった。

うつ状態を脱するための四か条

医師の先生からはうつを脱するために、生活習慣で次のようなことを心がけるようにと教えられていた。

一、楽しいものを探す
二、のんびりする
三、美味しいものを食べて、ゆっくりと寝る
四、趣味をみつける

このアドバイスに従い、私も次のようなことをやっていた。

一、人と会う

二、喫茶店やレストランに行く
三、電車や車に乗って、美しい場所、珍しい場所へ行く
四、人を招く

こうした努力がすぐに成果に結びついたかといえば、そうとはいえなかった。旅行に近いことをしたり人を招いたりすれば、どうしても緊張してしまい、かえって疲れることもあった気がする。

それでも私は、一日も早くうつから立ち直りたいと考え、それができるものだと信じて、自分なりに陰鬱《いんうつ》な日々と闘っていた。

街を歩いていて健康な人たちの姿を目にすれば、早く健康を取り戻したいと焦り、本当に元のように戻れるのかという不安にさいなまれた。

健康な人の姿を見て嫉妬《しっと》までした。なぜ自分がうつになったのかとも煩悶《はんもん》していたが、とにかく残している仕事を早く再開したかった。そしてもちろん、編集者や家族に迷惑をかけたくなかった。

そんな気持ちが強かったからこそ、以前の自分を取り戻したかったのである。

だが、病状は悪くなる一方だった。食欲もなくなり体重も減っていった。

書けなくなった作家は「化石」である

認知症の傾向も見られるようになった。

老人性うつ病と認知症は、混同しないようにしなければならないが、どちらかを発症すると、併発や移行を招きやすいといわれる。

うつ病も認知症も、物忘れが増えるというように症状に似通った部分が見られる。気力や集中力が衰え、頭を使った作業からは遠ざかる。そのことからも、一方の疾患がもう一方の疾患を呼び寄せやすい傾向があるようだ。

私の場合、どちらの傾向が先に見られていたのかは判然としない。しかし、うつに悩んでいた時期に物忘れがひどくなっているのが自覚されてきた。

言葉が出てこないことが増えたのである。

人の名前が思い出せない、外来語などの使い慣れない単語が出てきにくいというのは、ある程度の年齢になれば珍しいことではないのだろう。四十代、五十代でもそうした兆候に気づく人も多いはずだ。それが酷くなっていた。

八十歳も過ぎれば、自然なことだと言われるかもしれないが、私は作家である。言葉が出てこないことは作家としては致命的だ。

老人性うつ病によって、以前のように執筆はできなくなっていたといっても、創作活動をあきらめていたわけではなかった。作家には定年がない。たとえ休筆期間があっても、書く気になれば、いつでも執筆は再開できる。現に私は死ぬまで書き続けるつもりでいたのだ。

タマゴを孵化させるように、湧き出る物語に生命を与え、ガラスペンでそれを綴っていく……。それを続けるのが私の仕事であり、そうすることで私は、作家・森村誠一としてあることができる。

頭から言葉が消失していくことなどはあってはならない。書けなくなった作家は「化石」である。作家にとって、言葉を忘れることは「死」を意味する。簡単には死ねないのである。

脳からこぼれた言葉を拾っていく

うつと認知症との二重の闘いが始まった。

なかなか思い出せない言葉があったときには、言葉をノートに書きだした。ノートに清書することにこだわっている場合ではなかった。新聞のチラシの裏などにも、思い出す言葉があるたび書きだしていった。

奇想天外、驚天動地
胃カメラ、内視鏡
処方箋、漢方薬
禁煙室、喫煙室
ストレス、認知症
トワイライト
書きおろし、文庫
脳拘束↓脳梗塞……

取り止めもなく書き散らしていった。

似た言葉やひとつの言葉から連想される言葉を書いたり、間違った字を直したりしていく。「写経」のようにもなった紙を家の壁などに貼っておき、常にそれを見るようにしていた。

やがて家の中が言葉であふれた。玄関の扉にも、トイレの入り口にも、寝室の扉にも

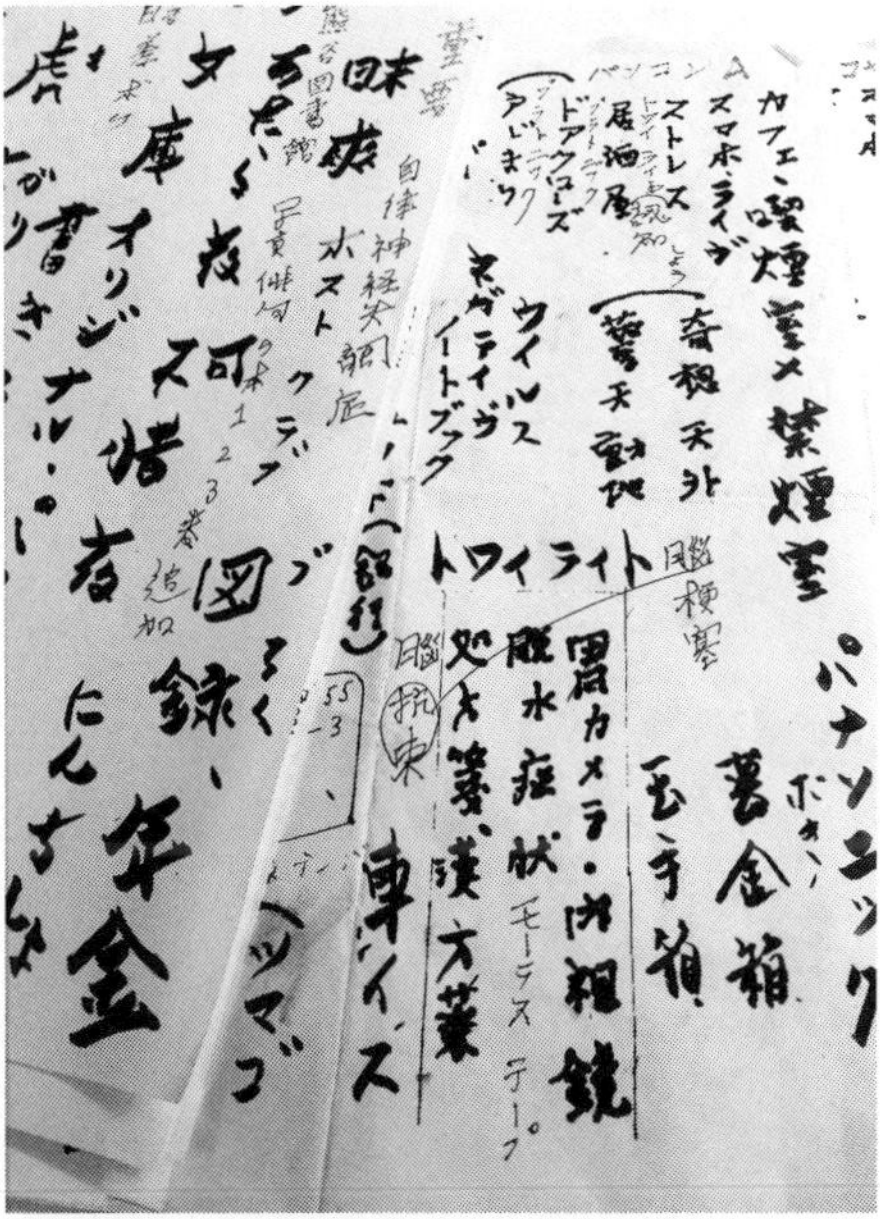

新聞折込や包装紙の裏でも忘れないように「言葉」や「単語」を書き続けた。

言葉を書いた紙が取り止めもなく貼ってある。それを見ながら、私の脳からこぼれ落ちかけた言葉を拾いだし、それを脳へと戻していく。必死であった。

こうしたやり方にどれくらいの効果があるかはわからなかった。だからといって、何もしないわけにはいかなかった。言葉を失いたくなかったのである。

まだまだ小説を書きたい——。

その一心で私は、言葉との格闘に挑み、言葉との触れ合いを続けた。

社会から置き去りにされた長い時間

懸命な努力は続けていたつもりだが、この闘いは長く、つらいものになった。

どこまで正直に告白すべきかとも悩まれるところだが、うつがひどかったときにはとにかく何も食べられなくなり、体重は三十キロ台にまで落ちてしまった。

私はもともと痩身ではあるが、四十キロを切ると、生命の危機にもなってくる。

私自身は、死を意識するというよりは、ひたすらもがき苦しんでいた感覚だったが、家族などにはずいぶん心配をかけた。

何も食べず、体重が落ちていけば、体力だけでなく気力がなくなる。

この頃の記憶にはぼんやりしている部分が多いので、私は三年近い時間を失ったといえるのかもしれない。

うつや認知症と闘い、言葉を取り戻そうとはしていたはずだが、それを続けるだけの力を失っていた時期もある。三年のうちの決して短い時間ではなかったのだと思う。

暗いトンネルの中にいて、ただ助けを求める声をあげることしかできなくなっていた。自分で意識している以上にそういう時間は長かったはずだ。

私は病状を主治医に伝えるとき、口で述べるより文章のほうが伝えやすいので、診察のたびに手紙（病状報告）を渡してきた。

主治医に宛てた手紙の下書きが手元に残されているが、いま読み直してみても悲痛な叫びが聞き取れる。

たとえば次のような手紙というか、報告がある。トンネルの中で光が射してくる方角を探そうと必死になっていた頃に書いたものだと思う。

〇〇先生、私の一日はおおむね次のとおりです。

1. 朝八時から近くの散歩。
2. 九時半ごろから朝食。

3．食後、天気がよければ日光浴。
4．時に電車に三駅ほど乗ります。
5．家内に従いて買い物（食品）。
6．15時から14時（＝表記ママ）ティータイム。
7．午後6時ごろ入浴。
8．一時間、仮寝
9．午後8時半、夕食
10．午後11時過ぎ就寝。午前4時ごろ目が覚める。デパス一粒の二分の一を服用。

この間、仕事はなにもなく、楽しいとおもったことは少しもありません。自分一人が社会から置き去りにされているような気がします。

うつ病の重荷が少しでも軽くなるようにするには、どうしたらよいでしょうか。多数の患者さんの中から大量の時間を割いて下さることをいつも感謝しております。先生と対話しているときだけ。自分が生き生きとしていることを感じます。

どうか私を見放さないよう心よりお願いいいたします。

ほんの１グラムでも、うつの重荷が軽くなるように頑張ります。

追記。新たに厄介な症状が現われました。水が咽頭、食道部に引っかかるような違和感があり、耳鼻咽喉科の先生に精神的な原因によると診断され、半夏厚朴湯《はんげこうぼくとう》という漢方薬を処方されました。つまりゲップが出難くなっています。

この漢方薬は効き目があるそうですが、まだ効果は現われておりません。

○○先生

私は「元の人間」に戻れるのでしょうか？

この後には次のような手紙を書いている。

最近食事と共に水分がのどにからみ、ゲップが出難く、食欲が細くなっています。薬を水と共に飲むと食物ものどに押し込まれた苦しい感じです。便通も悪く、浣腸も効きません。デパス効果も短く、早朝から目がさめてしまいます。薬品や食事が一度に反乱したような感じです。ここががまんのしどころとおもっていますが、なによりもうつ病から立ち直りたく、なにもすることがない毎日と戦っています。

一日も早く、うつから立ち直りたい。

いまのところ、友人とカフェに行ったり、茶会に出席したり、軽い仕事を探したりしていますが、落ち込みが深くなっています。

救いの神は先生です。毎日がこれほど苦しいとはおもいませんでした。

同じ状態はつづかないという先生の言葉が唯一の光ですが、明日が見えません。

街を歩き、健康な人を見る度に、早く健康を取り戻したく、本当に元の人間に戻れるのかと不安を背負っています。

先生、私は快方に向かっているのでしょうか。

無数の人間の海の中で、なぜ自分はうつになったのか。

先生と出会えたのが大きなラッキーですが、現在の状態は明るい方角へ向かっていますか。先生の経験と予感を教えていただけませんか。

頼みのつなは先生です。先生に会うのがいまの私の人生です。

残した仕事を再度したい。

週一の先生との出会いが、わたしのいまの全人生です。

どんなに小さな希望でも、明るい方角の状態を待ち望んでいます。


追伸。愚痴ではなく、希望と信頼です。

医師にすがるしかなかった日々

さらに手紙にはこうある。

○○先生

先生に診察していただいた翌日、小さな仕事が入り、久しぶりにデスクと向かい合いました。

仕事をすることがこんなに楽しいと久しぶりに自分を取り戻したような気がしました。仕事の後、少し明るい自分になったようにおもいましたが、大きな仕事はムリでした。今のところ、小さな仕事、軽いエッセイ、短い散歩、ポピュラーな軽い音楽などを相手にしておりますが、以前の自分はまだ取り戻せません。なによりも家族に迷惑をかけたくありません。小さな仕事と共に心の重さが少し軽くなることもあります。

なによりもまず、心を軽くしたい。先生のお力にすがります。先生との対話が、いまの私にとっては何よりの治療となります。幸いにして、先生と私は相性が良く、先生との出会いに感謝しております。

作家としては恥ずかしいことだが、文章のまずさは直さないでそのままここに載せた。とにかく希望をなくさないようにとあがいていたこと、そのためにも主治医にすがるようになっていたのがよくわかる。

なんとかしたい気持ちは強いのに、食はどんどん細くなっていく。体重が三十キロ台まで減っていくとともに気力を失っていたわけである。

そのままでいたなら、どうなっていたかはわからない。

いまこうした原稿をまとめていることなど、とてもできなかっただろう。

いつもの朝が戻ってきた……

それでもトンネルには出口がある。

自分でも、わずかに見える明るい出口に向かって一歩ずつ歩み続けていたつもりだったが、手を差し伸べてくれた主治医や看護師、家族や知人に助けられた部分は大きかった。ほとんど何も食べなくなっていた私に流動食で栄養を摂らせてくれたのだ。そこから少しずつ体力が回復していき、気力を取り戻していけたのである。

再び私は、闘う意志を持ち、言葉との格闘や触れ合いを始めた。

やがて、その成果が出始めた。

トンネルに射し込んできた光のほうへと歩き続け、ついには光の下に立つことができたのだ。

どんよりと濁った朝ではなくなり、いつもの朝が戻ってきた。仕事場のベランダに出ると眩しいくらいの陽射《ひざ》しがあった。

光と言葉を取り戻した私は、書きかけていた新作を発表することができたのである。三年がかりのことだった。

新たな試み「終点のない夢」

そしてまた、詩と小説の融合という新たな試みも始めた。苦境にあったからこその挑戦である。

父が本好きだった影響で、子どもの頃からよく本を読んでいた私は、詩人になりたいと考えるようになっていた。立原道造《たちはらみちぞう》や富田砕花《とみたさいか》、ヘルマン・ヘッセらに憧れていた。

詩はずっと書いていた。自分の中から詩情が消えたことがなかった。

そんな永遠の詩情を小説と一体にして表現しようと思ったのである。

その試みが、自分にとっては大きな刺激になるのではないか。それと同時に、とかく詩情に欠けがちな小説に新たな可能性をもたらすと考えたのである。

作家が表現できなくなったときは、作家ではなくなる。

これまで頭を酷使してきたリバウンドだったのか、うつになると表現の内容は乏しくなった。しかし、それを補うための詩情が、それまでとは違ったかたちで頭に浮かんだのである。

うつは表現の天敵であるが、表現は表現者の中に無限にあった。

私はこの試みをやり遂げた。

雑誌連載を経て、二〇一九年の一月には『永遠の詩情』として発表できたのである。詩と散文で私の半生を振り返った一冊である。

これまでの作家生活のなかでも特別な意味を持つ作品になっている。老人性うつ病と認知症と闘い、トンネルから抜け出すようにしながらこの仕事ができたのだから、奇跡にも近かった。

その中には「終点のない夢」という一篇も収めている。

夢というものは
果てしない。
終点のある夢は
夢ではない。
夏が立ち去り
排ガスと騒音に満ちた
都会の空が

高くなる。
微塵《みじん》ひとつぶ浮いていない旅先から
光化学スモッグと騒音の街に帰り、
ほっと
我が町に帰って来たように
安堵《あんど》する。
これが我が町
旅先の自然に
心身共に洗われた私は、
豊かな自然のなかに
放散した我が身が、
なぜか
もっとも汚染されている都会に帰って来て
ほっとしている。

人間は
美しい自然や
清らかな空気のなかだけでは
心身放散して
生きてゆけないのかもしれない。
旅のゆくえは
夢を見たのであり
汚染された我が町に
根をおろしているのであろう。

「道」が続いている限り歩みは止めない

『永遠の詩情』に限らず、うつに苦しんでいた時期にも、できるだけ仕事を続けようとしていたのは、主治医への手紙にも書いているとおりだ。久しぶりにデスクに向かうと、書くことはやはり楽しく、自分を取り戻したような気がしたものだった。

大きな仕事をやるのが難しかった時期には、エッセイなどを書いていた。

仕事をすると、明るい自分になれるような感触もあったのがうれしかった。


自分の年齢については、何かあるたびに考える。

森村家は長寿の家系のようで、九十代がざらにいるので、自分も長生きするのだろうと決めつけている。

クスリをもらっていた薬剤師からはこう言われた。

「八十四歳や八十五歳なんて充分若い。うつから立ち直れば、また青春が始まる」

私にとっての心の支えにもなった言葉だ。

自分で選んだ「道」があったなら、不安を随伴《ずいはん》しながらもその道を歩んでいくことになる。その道は六十歳になれば先がなくなるようなものではない。

七十歳になろうとも八十歳になろうとも先に続いている。

人生百年時代となったなら、その道はさらに長くなっていく。

そうであれば歩みは止められない。

まだ、頑張れるじゃないか

八十八歳。加齢とともにこちらの足を止めようとする障害も生じてくるが、それで終わりになるとは限らない。

障害を乗り越え、なお先を目指す。

灯滅《とうめつ》せんとして光を増す――ともいうが、最後の灯だなどと思うことはない。

たとえ灯が消えかけたようになっていたのだとしても、そこからまた光を増していけばいいだけだからだ。

薬剤師が言ってくれたように第二、第三の青春を始められるかもしれない。

その後、私はどうなったのか――。

認知症に完治というものはないのかもしれないが、症状は歳とともにゆるやかに進んでいる。何より「言葉」を取り戻せている。食欲も旺盛だ。

「まだまだ頑張っているじゃないか！」

と自分をほめてあげてもいいのではないかと思う。

第2章

老人は、余生に寄り添う

余生は長い、「余った人生」ではなくなった

世の中には嫌な言葉もある。

「年寄りの冷や水」などがそうだ。

高齢者が年齢に似つかわしくないと見られるようなことをやろうとしたときに、「やめておきなさい」といさめたり、嘲笑《あざわら》ったりするのに使われる。しかし私は、「年寄りは大いに冷や水を浴びろ」と考えている。

人生五十年の時代には、「老後」という感覚はなかった。

ごく一部の恵まれた人間以外は、死ぬ直前まで働き続けていたので、現役を引退してからの余生というものを考える必要がなかったからだ。

寿命が延びた現代には、誰にでも余生がある。

言い換えれば、誰もが老後と向き合わなければならなくなっているということだ。

六十歳で定年退職した段階ではまだ余生といえないようにもなってきた。多くの人は雇用延長したり再就職するなどして、その後もまだ仕事を続けるからだ。

その事実に目をつぶり、便宜《べんぎ》的に定年退職したあとを余生として数えるなら、その長さは二十年以上になる。百歳まで生きるとすれば、四十年である。

こうなってくれば、余生は、余った人生などではない。

重要な「人生の課題」である。老いて余生に寄り添うことが大切である。

生きる時間が引き延ばされたからには、ただ生きているのではなく、有意義に生きなければならない。余生について、誰もが真剣に考えなければならないということである。

余生を文字どおり「余った生」で終わらせてしまうのか、「誉《ほまれ》ある生」としての誉生にするのか。

生半可な気持では余生に向き合えない時代になっている。しかし私は、六十歳、七十歳といった年齢になってからこそが「本番」なのだとみなしてしまっていいのではないかと思っている。

そう考えていてこそ、余生を誉生にできる。

眉毛が伸びてきてショックを受けた

余生と切り離せられないのが「老い」である。

歳を重ねれば、気力や体力は衰えてくる。

身体には変化もあらわれる。

病気もする。

白髪が増え、近くのものが見えなくなり、皺《しわ》が増え、関節が固くなってくる。

老いとはとてもつらいものなのだ。

私が最初にショックを受けたのは、眉毛が伸びてきたときだ。若い頃はとくに長いわけではなく、いたって標準的な眉毛だった。その眉毛が太くて長くなってきているのに気づいたのは五十歳くらいの頃だ。そこからは毎年、確実に伸びてきた。

これにはびっくりした。

「あ、これが老いなんだ」と実感させられた。

眉毛が伸びるのは、男性ホルモンと関係があるのだという。老化が進んで、男性ホルモンが弱くなってくると伸びるそうなのだ。

まいったな、と思っていたら、今度は白髪が増えてきた。

私の場合はそういう順序だった。

目に見える老化現象だが、受け入れるよりほかはない。

アンチエイジングなどといって抵抗する人もいるようだが、肉体的な老いには逆らえない。健康を保つためにやれることはあるにしても、加齢とともに肉体が変化していくのは自然な現象である。

肉体の変化に気がつきはじめた頃、「心の若さ」だけは保たねばならないと思った。

肉体というものは人間の心を入れる器でもある。心のメンテナンスをすることにより肉体の老化もある程度は食い止められるはずである。

振り返れば、自分の変化に気づいたあの頃から「老いを迎える準備期間」が始まっていたことになるのだろう。そういう段階から時間の過ごし方が重要になってくる。

未来に目を向ければ、いまの自分が「いちばん若い」

瞬きする間に現在は過去になり、未来は現在になる。そう考えてしまうと、時間はただ流れゆくだけのものだとも感じられてしまう。私もあっという間に八十八歳の老人になった。

どんなに歳をとっても、まず考え方を変えるのがいい。

過去と未来をつなぐ最先端が現在である――と考えればいいのだ。

メリハリのない時間には最先端がない。未来と現在と過去が入り混じったカオスになっている。

最先端にいるというのは、未来に接続していながら、自分が耕した過去にもつながっていることだ。そういう最先端にいることを意識したとき、問われるのは「過去を見るか、未来を見るか」である。その選択によって、現在の自分がもっとも若いのか、もっとも年老いているのかが分かれる。

過去に目を向ければ、いまの自分がいちばん年老いているが、未来に目を向ければ、いまの自分がいちばん若いのである。まったく年齢には関係ない。

最先端を追い続けている限り、自分も不変である

俳聖・松尾芭蕉の言葉に「不易流行」がある。

奥の細道を歩いているなかで辿り着いた境地とされる。

普通に考えるなら、流行は最先端であり、最先端は常に変化していく。しかし、芭蕉の考えは違う。

不易とはいつまでも変わらないことを指す。新しい、古いといったことを超越したところに不易がある。

そんな不易と流行は相反するようだが、根本において両者は結びついている。結びつけなければならない。最先端にあるものほど変わらず永遠であるべきだからだ。

それが芭蕉の悟りである。

最先端は「現在」という時間であり、そこには常にもっとも新しい自分がいる。不変のものを追い続けている限り、自分もまた不変なのである。

こうした考え方ができていない人たちは、常に「もっとも年老いた存在」になってしまう。朝起きても、ぐずぐずと布団の中で時間を過ごすことになっていく。

起きても人としゃべらず、放心している。

それでは社会と関わっていくことができず、お荷物老人への道をまっしぐらになる。

常に人生途上の旅人である覚悟を持ちたい。無限の可能性に満ちた人生にしたいのである。

人生は「三つの期」に分けられる

老いていくのは自然の摂理である。病気もするし、気持ちも小さくなる。だからといって、老いていけば何もできなくなるとあきらめてしまえば、生きている意味がなくなる。

人生は三つの期に分けられると考えたことがある。

第一期は「仕込みの時代」。学びに重きを置いた準備期間である。

第二期は「現役時代」。一般的にいえば、会社で働くなどして社会に参加する期間。

第三期はいわゆる「老後」。余生とも括られる期間である。

かつては「仕込みの時代」と「現役時代」ばかりが意識されていたが、平均寿命が延びたことで「老後」を強く意識しなければならなくなってきた。

人生八十年時代、百年時代となったことで、第三期が長くなった。

この第三期こそ、自分のために生きられる期間である。

この期間が延びたのは医療の進歩による恩恵だといえる。しかし、その恩恵が大きければ大きいほど、つらい思いを重ねることにもつながっていくのもまた現実である。

親しい人との永遠の別れを幾度となく経験し、ひとり取り残されるつらさ、寂しさを噛《か》みしめなければならない。身体は思いどおりに動かず、高齢だからこそ罹る病気との闘いも増えるであろう。現に私も老人性うつ病という大変な闘いを強いられたわけである。長く生きていれば、そういうなかで生きていくことになる。

人生とは天気のようなものである

老いは死が一歩一歩近づいてくるという不安も増大していく。
というか死を考えることも増えるということ。
余生が長くなったからといって、幸せなことばかりではないということだ。
とはいえ、人生とは天気と同じだ。

台風に見舞われても、必ず台風は通り過ぎていく。

私もそうだった。

朝がどんよりと濁っていたことからうつが始まったが、それを克服していくと、また新しい朝に変わった。

胸の奥にまで爽やかな空気を吸いこめるようになったのである。

身体が老いたり、病を経験しても、心を含めたすべてが老いてしまうわけではない。

「老い」を恐れず、残された日々を見据えて自然体でいること。

老いはつらいことも多いが、ネバー・ギブアップの精神で生きていくこと。

生きる意欲を持って日々を楽しむこと。

そういう姿勢を持っておくことによって第三期の人生は充実させられる。

老いに入ることと、老化したかは別問題

どこから老後になるかの線引きは難しい。

老いというものはじわじわとやってくるようなイメージもある。

しかし実際は、老いを知る日は意外に突然やってくる。六十歳か六十五歳か七十歳になるのかはその人次第である。

それまで挑戦的な生き方をしていた人が、突然、安定を求めはじめるというように「生き方のチャンネル」を変えることもある。あるいは、まだまだ自分は若いと思っていた人が、ふとしたきっかけから老いを意識しはじめることもある。

私自身、そういう経験があった。

自分は若い側のメンバーだと思っていたのに、ある会合に出たとき、そのなかで自分が最年長であることに気づいたのである。そのとき「自分はそういう年齢なのだ」、「もう老いのグループに入ったのだ」と自覚した。

老いのグループに入ることと、老化したかは別の問題である。

若いグループに入るか、老いのグループに入るかは年齢の問題だが、老化しているかどうかには個人差、意識の差がある。

昨日できたことが今日できなかったというようなことがあると、その事実にうろたえる人は多い。

自らの老いを意識した途端、「老い」という言葉に過敏になることもある。しかし、たとえ衰えを認めざるを得ない部分が出てきても、しおれてしまうことはない。

過剰に老いを恐れず、永遠に自分の可能性を追求する姿勢を持っておく。社会の一員である意識を失わず、自分の理念をもって日々を楽しむ。そうしていれば時間の経過とともに先細りの人生になってしまうことはない。

老後は「人生の決算期」である

歳を重ねて六十歳、七十歳、八十歳といった年齢になっていくと、日めくりカレンダーの残り枚数が少なくなっているのを自覚せざるを得ない。

それがあと数年なのか、二十年や三十年なのかはわからなくても、その先のカレンダーをめくれなくなる日がくることはやはり意識する。

そうなれば大切になってくるのは日々の過ごし方ということになる。

若い頃の生き方には大抵、無駄が多いものだ。どうしてなのかといえば、その頃の人生は、質より量だからである。量がたくさん残っている実感があり、体力も気力もある。そうなるとどうしても、無駄づかいが多くなってしまう。

老後のスタートラインに立つと、その部分が変わり、今度は量より質になる。つまり、「クオリティ・オブ・ライフ」が求められるということである。

この場合の量と質とはどういうことか。

量とは失敗を含めていろいろなことに時間を費やせるということである。若いときであれば、五十回失敗しても五十一回目に成功すればいいという感覚になれる。

対して質とは、時間のつかい方に無駄をつくらないことである。

つまり一発必中。

行動を起こす前に自分の経験や人から聞いた体験をもとにじっくりと考えて、遠回りのない計画を立ててから行動を起こすのが理想となる。

ただし、失敗をおそれない姿勢も大切なので、トライは続けていきたい。

そういうなかにあり、日々が充実していれば、質は保たれる。

老後は、いわば人生の決算期である。

晩節をまっとうするか、晩節を汚すか。

晩節を汚さないにしても、時間を無駄づかいする人もいるが、そういうことはできるだけ避けたい。人生の決算期は、しっかりと締め括りたいものである。

「人生の第三期」は好きに生きていく

六十歳、七十歳といった年齢に達したからといって、必ず老後が存在するわけではない。余生を過ごすためには一定の条件をクリアしておく必要がある。

まず問われるのは、社会構造の中に組み込まれた人生を送ってきたか、そうでなかったかだ。自分の意志でその日暮らしに近い職業を選んでいたり、定職につかなかったりした人には余生らしい余生がないことにもなりやすい。自由を求めたのと引き換えに社会構造の中に組み込まれることを拒んだ代償といえる。

そうした人生を歩んできていると、年金を払わず、健康保険にも入っておらず、貯金もしていない場合が多い。無事、定年を迎えて退職金をもらい、年金生活を始めるというわけにはいかないわけだ。病気になっても簡単には医者に診てもらえず、終の棲家はない。なかには住所不定の人もいる。そうなれば、余生の心配をするよりも、日々の糧を得る手立てを考えざるを得なくなる。

サラリーマンだったか自由業だったかで単純に区別されるわけではないが、安定を欠いた道を選んでいた場合には、ひとまずのゴールを迎えにくい。

要するに「その日暮らしの現役」を生涯続けなければならないということだ。

この本を手にしていただいているほとんどの人はそうではないだろう。

学校を出て、就職して社会人としてのスタートラインに立つ。

組織の中で責任を分担して使命感をもって働いてきた結果として老後を迎える。

定年イコール老後の時代ではなくなっているとはいえ、自分自身で区切りをつけたところから余生が始まる。

サラリーマンではなくても、十代のうちから手に職をつけるために厳しい修業をしてきた人や親の家業を継いだ人、自分で店や会社を始めた人、各方面のスペシャリストなどもそれができる場合が多い。

そうして何十年も働いてきた過程では、結婚して親になっているのが標準的だ。子どもが自立して、夫婦ふたりで暮らしていくようになった頃にはいくらかの蓄えができ、身を引くことを決める。

そういうふうにできていたなら自然に老後を迎えられる。

人それぞれさまざまなことがあるのだとしても、つらいことにも耐え忍んできてこそ、余生を手にすることができるということだ。

老後や余生とは、ある意味、「ご褒美」のようなものである。できる限り、余生に寄り添っていきたい。

そうであるなら、老後も余生も否定的に考える必要はない。

人生の第三期は、自分で勝ち取ったものだといえるからだ。

自分の好きに生きていけばいいのであり、好きに生きていけなければおかしい。

余生にまで倹約を続ける必要はない

子どもを育てながら貯金をして、退職金を得るまで働いてきたなら、苦労も多かったはずだ。お金を貯めることに人生の意義を求めているような人もいるが、貯金残高を増やしたり、タンスにしまっているお金を眺めていることで人生を終えてしまっては、なんにもならない。

歳をとって、人との付き合いがなくなっていくと、頼れるものはお金だけになる。そういう言い方をすれば極端になるが、お金があってこそ好きなことができる。

そうなってまでもなお、お金を使わずに倹約しているのでは意味がない。

いつまでも好きなこともしようとせず、食事などでもいっさいの贅沢をしないというなら、それこそ一度限りの人生を浪費している。

いきすぎた倹約生活は、やっと手に入れた余生を楽しいものではなくしてしまう。

「児孫のために美田を買わず」という諺《ことわざ》がある。

子孫のために財産を残すとかえって良くない結果になりやすいので、残すべきではないという意味だ。そのとおりだと思う。お金のありがたさを子どもにちゃんとわからせないまま財産を残せば、お金を稼ぐことの難しさ、尊さを理解しないまま使ってしまう。

そうすると、その子の人生が間違った方向に行ってしまいかねない。

子どもたちには恥をかかない程度に残しておけば充分であり、あとは自分のために使えばいい。

できることなら、それなりの余裕をもって余生を過ごしたいものなので、ある程度はお金を貯めて第三期を迎えたい。子どものことを考えるなら、自分の葬式と法事にかかる費用くらい残しておけばいいのである。

「いい意味でのあきらめ」も必要である

人生の第三期は好きに生きることが許され、好きに生きていくべきだ。だからといって、何もかもが思うままにいくのかといえば、そうはいかない。

ある程度の年齢の人ならおわかりのように、若い頃にくらべて、身体は思うように動かなくなっている。

「いい意味でのあきらめ」が人生の第三期には必要になってくる。

「うまくいかない」ことも想定の範囲内に入れておくべきだ。

たとえば私が一か月間、まったくゆとりのないスケジュールを組んでいて、突然病気になってしまえば、編集者にも出版社にも迷惑をかけることになる。そうならないようにするため、毎日を稼働日にせず、一か月のうち三日か四日はゆとりをもたせたスケジュールにしておく。老いを感じはじめた時期からはそう心がけていた。

そうしておけば、風邪を引いて動けなくなったりしても、三日寝ていればなんとかなる。うつ病になったり新型コロナウィルスに感染するなどの非常事態を迎えてしまえばそうはいかなくなるが、およそのことなら三日くらいで体力を回復させられる。

何本もの連載を抱えていた頃の私はそういう考え方をしていた。

とにかく忙しく、特別な不安をかかえていたわけではなかったとしても、連戦連勝を続け、何もかもうまくいくということなどはあり得ないと心していたのである。

歳を重ね、体力、気力が落ちてきたなら、ある程度のアクシデントはいつでも起こりうると思っていたほうがいい。

予想に反する負け試合があることも前提にしておくのがいいだろう。

私の場合、予備日にしていた三日か四日には、家族との計画を入れたりもしなかった。そういう計画を入れてしまえば、その時点で予備日としての意味をなさないからだ。本当に何ものにも縛られない時間にしていた。


一定範囲のアクシデントや敗北をあらかじめ組み入れておくというのはハンドルに「あそび」があるのと同じである。

現役時代には受け入れにくい考え方かもしれないが、ここまで生きたことで、人生が連戦連勝というわけにはいかないということはすでに学んでいるはずだ。

もちろん、連戦連勝の人もいるのかもしれない。しかし、連戦連勝の人生などは、思いのほか疲れるのではないかとも思うようになってきた。

病で仕事ができなくなるような時期も含めて、人生には休息があっていい。

「条件付き健康」で良しとする

若い頃のようにはいかないことが増えているとしても、人生の第三期を充実させるためには、できるだけ健康な心と身体を保っておきたい。

きれいに歳を重ね、身内や他人に迷惑をかけないようにするためにはメンテナンスも考える必要がある。

ただし、健康を考える際にも、若い人のようにパーフェクトな健康を求める必要はない。歳をとってきたら、「条件付き健康」で充分である。

たとえば、近眼や老眼の人は、眼鏡をかければそれほど不自由しなくなる。

糖尿病の人でもインシュリンを打つことで一定の生活はできていく。

老眼と糖尿病を並べて語れば違和感もあるかもしれないが、こうしたあり方を「条件付き健康」という。

なんらかの制約は生まれるにしても、条件を守っている限り健康でいられるのは、医学や科学技術の発達のおかげである。

私には差し歯があるが、入れ歯などにしてもやはり条件付き健康に含まれる。ものを嚙んで食べられるだけでなく容貌も良くなる。

頭髪が心細くなったときには、かつらがある。かつらもまた条件付き健康の一種といえるであろう。かつらをつけることによって若返り、本人の気持ちが前向きになることもある。髪の毛が薄くなってきたことで気持ちが萎えてしまい、ファッションを楽しもうともしなくなった人が、がらりと生き方を変えることがある。見た目も気持ちも若返り、洒落たジャケットなどを着て潑剌《はつらつ》と街へ出かけるようになる。

それはそれで素晴らしい。

何かで補えるならそれでいい。そういう発想で健康を考えたほうがいい。

欲望は生きていくうえでのビタミンと同じ

老いたからといって、枯れていくのをただ受け入れてしまうことはない。欲望もなくしてしまうことはない。

十代や二十代の人などは、きれいな女性にもてたい、ブランド品の時計やバッグを持ちたい、いい車に乗りたいなど、比較的単純で直截《ちょくせつ》的な望みをいだきやすい。簡単にいえば、物欲と性欲である。

三十代、四十代になると、会社で出世したい、起業して社長になって金持ちになりたいなど、出世欲や金銭欲が中心になってくる。

五十代くらいになると、ある程度、先が見えてくる。勝ち組といわれるような人は、世間に賞賛されたい、権力を手に入れたいなどと考えて、欲を失わない。勝ち組とまではいえないながらも大きな不満はない生活ができている人は、そういう暮らしがいつまでも続くことを第一に考える。

老年になれば、欲望は枯れていきがちになる。夢や希望を持たなくなり、新しい可能性を求めなくなるわけだが……、そうなるのは避けたい。

たとえ老いても、「人間枯れたらおしまいだ」という執念が必要になる。

「自分は絶対枯れない」という意志を強固にして、そのための生き方を考える。人間は歳を重ねても、欲望を持ち続けていれば、艶がなくならない。生涯現役で生きていこうと考えるなら、欲望はビタミンと同じように絶対に必要なものになる。

何もしなくていい「楽隠居」は楽ではない

楽隠居というと、聞こえはよくても、決して楽ではない。

知人から聞いた話だが、東京に住む四十代の夫婦が田舎でひとり暮らしをしている母親と一緒に暮らそうと考えて三世帯住宅を建てたところ、思わぬ結末を迎えたという。家ができると、母親を田舎から呼び寄せ、実際に住みはじめた。四十代の夫婦とすれば、ひとりで暮らしているよりずっといいだろうと考えての親孝行である。

ところが母親は次第に元気をなくしていってしまった。半年ほど経つと、「都会の生活は嫌だ」と言って家を出て、田舎に帰っていったそうなのだ。

「東京には友達がいなくて寂しい」、「やることがないから生活に張りがない」などとも口にしていたらしい。

母親を呼び寄せた家族が、母親を「お客さん」にしてしまっていた典型的な例である。何十年も働いていた人が、何もしなくていいと言われると逆に困ってしまう。お客さん扱いでは居心地が悪い。元の家に帰りたくなったのは無理がない。

たとえ善意からのことでも、自分の役割を持たしてもらえず、日々、安穏と暮らしていくというのは息が詰まる。

楽隠居も楽ではない、というのがよくわかるケースである。

生きている意味を見失わないために

人間は歳をとっても、なにかしら仕事をしていたいものだ。

地方に住んでいる人などはとくにその気持ちが強いといえる。

田舎の町はつながりが深い。近所の人が家を覗き込んできて、「おじいちゃん、元気?」と声をかけてきたりする。「うちのニワトリが産んだ卵をあげるね」などと言って、お裾分けをしたがる人も多い。何もしないで日々寝ていれば、他人にまで心配される。そんな状況がうっとうしいと感じることはあっても、それが田舎の日常である。

毎日、少なからずやるべきことがあり、誰かに出会う。人に会わないで過ごされる一日などはほとんどない。

都会暮らしの人からすると、面倒なように見えても、田舎の生活、コミュニティには「老人を孤独にさせない底力」がある。

都会では考えにくいことだ。

都会のマンションで暮らしていれば、隣にどんな人が住んでいるのかを知らなくても不思議ではない。単に人との交流が少ないだけではない。「相互不干渉主義」というタテマエのもとに「人と人を隔絶させる力」がある。

どちらがいいのか、どちらが自分に合っているのかという点では分かれてくるが、生きている意味を見失いにくいのは田舎のほうではある気がする。

「生涯現役」でいやすい田舎の老人

田舎の老人と都会の老人の違いを考えれば、存在の意味にも差が生まれやすいのがわかるはずだ。その差を生み出しているのは「役割を持っているか、社会参加しているか」という部分である。

『田舎のネズミと都会のネズミ』にも近い話である。

田舎では、老人たちにもやるべき仕事が多くある。畑を持っていれば耕して農作物を育てる。ニワトリや牛の世話などを任されることもある。家事から引退するというようなことはまずない。漬物づくりは譲れないという人もいれば、孫の弁当作りを任されている人もいるだろう。

田舎ではどんな作業をするのにも人手が足りないので、歳をとっても、なんでも自分でやらなければいけない。家族も積極的に老人に仕事をさせようとする。老人の仕事はちゃんと残されているので、「やってもらわないと困るから」などと言われる。

そのため老人は、日常において不可欠の存在になっている。

そうであれば、老人に対しては、親しみを込めた尊敬の念が持たれやすい。「やっぱり、煮物はおばあちゃんの味付けがいちばんだ」などと喜ばれ、家族や地域の中で欠けてはならない歯車になっている。

そんなふうに生きている田舎の老人は生涯現役なのである。三世帯住宅を飛び出した人もそういう生活のほうを望んだわけなのだろう。

「自由を謳歌」しやすい都会の老人

対して都会の老人はどうか?

都会の老人は孫の世話の仕事でもあればいいほうで、下手をすると、毎日テレビを見ているだけで終わってしまうことにもなりかねない。

医師や看護師、調理師などといった特殊な技術でも持っていない限り、都会では老人が社会の中で機能しにくい面がある。

都会では近所になんでもあるから日常生活には困らない。近くのコンビニエンスストアに行けば食料品は買える。

誰ともひと言もしゃべらず、毎日を過ごしていてもおかしくない。

都会の老人は、社会の歯車になれていないどころか、ネジにすらなれていない場合もある。厳しい言い方をするなら、「いてもいなくてもいい」、「だったらいないほうがいい」という存在になってもしまいかねないということだ。

だからといって、すねてしまうことはない。

都会の老人は田舎の老人が持ちにくい「好きにしていい時間」を手にしやすい。

三世帯住宅での暮らしに耐えられなかった女性のように、その時間がかえってつらくなるケースもあるが、それも考え方次第だ。

好きにしていい時間を使って、趣味やボランティアなどの新しい挑戦をしていけばいいのである。

うまく時間を使えなければ埋没してしまうが、時間を生かせば、なんでもできる。若い頃にはできなかったこと、やろうなどとは考えてもいなかったことを始められるチャンスが大きいのは、都会の老人のほうだといえるはずだ。

百歳までにどれだけのペンを使うかを計算した

作家という仕事には定年がない。引退を宣言しないで執筆を続けていれば現役である。執筆量を減らして、数年かけて一作しか書かないということでも現役には違いない。断筆宣言をすれば元作家ということになるにしても、そういう呼称はあまり聞かない。野球の名誉監督のように名誉小説家というような肩書がつくこともない。

私は百歳まで現役を続けるつもりである。

私には愛用のガラスペンがあるが、二十年以上前に生産が中止されるのを知った。そのとき、百歳までにあと何十本使うことになるかを計算してオーダーした。ある程度、執筆量が減っていくことは予想していたが、幸か不幸か、それを上回るペースで執筆を続けてきていた。

ガラスペンの残りはずいぶん少なくなってしまい、百歳まで現役を続ければ、もたないのではないかと危ぶまれてきた。

そういうなかで老人性うつ病と認知症に苦しむことになり、執筆ペースが落ちてしまったのだ。それでも書くことはやめなかった私は、病気を克服して、いまなおガラスペンを手にしている。

生涯現役を貫くつもりだ。

百歳まで生き続ける、ということも決意している。

もちろん、百歳まで生きると決めたからといって実際に生きられるかはわからない。

しかし、心構えだけはあらかじめ持っておく必要がある。そうでなければ、動揺することもなく百歳を迎えられるはずがないからだ。

人間の寿命は加速度的に延びている

「生は死の始まり」だという。

人は、生まれた瞬間から死へ向かって歩きはじめることになる。そのあいだは毎日、「人生の日めくりカレンダー」をめくり続ける。日めくりカレンダーの残り枚数には個人差があり、不平等である。残り枚数がどれだけあるかはわからない。だが、それも人生の妙味だ。残り枚数がはっきりとわかっていては、死刑執行を待つ身になってしまう。

戦前、戦後、そして近年と、日本人の寿命は大きく変化した。加速度的に延びているといっていい。

人間が文化を持ってから五千年が経つといわれているなかにあり、二十世紀になってから急激に科学が発達した。二十一世紀になってからの機械文明の発達などは、ついていきにくいほどのスピードである。

そのなかで寿命が延びていき、社会には高齢者が増えたのである。

高齢者としていかに生きていけばいいのか。

そういう心構えが問われる時代になっている。

「人生百年時代」の老人

寿命の急上昇を支えたのは、三つの文化の進歩である。

ひとつは当然、医学である。新薬が開発されるなどしながら治療法は目覚ましく進歩した。戦前には「不治の病」といわれた病気も治せるようになっている。堀辰雄の『風立ちぬ』や『菜穂子』のような結核文学は現代ではもはや成り立たない。

衛生学も進歩した。伝染病や食中毒は、昭和の時代とくらべれば激減した。ビタミンB1の不足が原因になる脚気《かっけ》も、予防法、治療法が確立している。ひとり暮らしの老人などがおかずを食べずに白米だけ食べていることから脚気になる場合もあるそうだが、あくまでレアケースである。

栄養学が一般に浸透していったのが第三の要因である。「食育」の重要性が理解され、栄養面を含めてバランスの取れた食生活を送ることが心がけられるようになってきた。それにより健康の増進や維持ができるようになった。

身体を治す力、病気を寄せつけない力、強い身体を作る力をいかにつけるか。いまの寿命があるのは、そうした学問の研究成果といえる。

日本人の平均寿命は、女性で八十七・四五歳、男性で八十一・四一歳になった（二〇二〇年、厚生労働省発表）。八十歳を超えて生きるのは「平均」になっている。それどころか、百歳まで生きる人も増えてきた。

「人生百年時代」が現実的になってきており、「人生100年時代構想会議」といったものまでがつくられた。

老人たちよ、大志をいだけ

生きがいとは何か。最も難しい設問である。幸福と似ているようであるが、似て非なるものである。幸福の頂上にいるような人でも、生きがいのない人生にはどこか満たされないものを覚える。

生涯現役でいるのと自由を謳歌するのではどちらがいいのか。

結局は人それぞれだとしても「どちらも悪くない」という考え方もできる。

田舎か都会かという二択は、自分自身では選択しにくい。だからといって、自分の置かれている状況を嘆いていても仕方がない。

田舎で暮らすことにも都会で暮らすことにもそれぞれの良さがあるので、その中で自分の生きがいや楽しみを見出していけるはずである。

人生の第三期にもなれば、人の言いなりになっているのではなく「自分はどうしたいのか」ということに忠実に生きていけばいい。

人目は気にせず、何かしらのことにチャレンジしていく。

「Boys, be ambitious」ならぬ「Old men, be ambitious」でありたい。

歳をとったら何もできなくなるのではなく、なんでもできるのである。

病や老いに打ちのめされていることはない。

病や老いに寄り添いながらも目線を高くして生きていきたい。

第3章

老人は、死に寄り添う

飼い猫の寿命と野良猫の寿命

私の家には野良猫がよく遊びに来る。野良猫ははじめは警戒するが、そのうちに自分の家のように堂々として主《あるじ》のようにゆっくり歩いている。

歴代猫派の家に生まれたこともあり、文句なしの猫派になっている。

実家では、家に迷い込んできて、そのまま居ついてしまった野良猫をコゾと名付け、その後も五代目だったか六代目だったかまでコゾがいた。野良猫は代々、コゾと名付けていたのだ。

五代目か六代目のコゾの次にはメイと名付けた。メイもやはり知らず知らずに居ついた野良猫である。我が家を選んでやってきたのだから、それだけでも運命を感じる。そういう猫たちはいつか姿を見せなくなるなどして死んでいく。

飼い猫は二十年ほど生きるのに対して、野良猫の平均寿命は二、三年らしい。保護するのが早ければ、もっと長く生きられるが、家に来た段階で何歳なのかはわからない。そのため別れは早くから覚悟しておく必要がある。

それでも私は、猫はペットショップなどで買うのではなく、縁《えにし》によって結ばれるのがいいと思っている。

猫という生き物は、人間に対して何かをしてくれるわけではない。

ただ、陽だまりの中で丸くなったりしていれば充分である。

撫でたいという気持ちを抑えられなくなるほど、その姿はいとしい。

猫からも死のあり方を教えられてきた

いまの家でも野良猫の面倒はよく見ている。

家人が勝手にクロと呼ぶようになったおそろしく不細工な黒猫もいた。目やにを溜め、全身には擦り剝けた湿疹が広がっていて、いつもよだれを垂らしていた。

家人がそのクロに餌を与えたのをきっかけとして、我が家に来訪するようになったのである。締めていいなかった仕切り戸からそろりそろりと入ってきて、我々の足音を聞くと逃げていく。それでも少しずつ、一定の距離をあけながらも我が家で昼寝をするような図々しさをみせるようになっていた。

そのクロがしばらく姿を見せなくなり、十日くらい経ってから塀の上に姿を見せたことがあった。家人は、その姿を確認して「よかった」と安堵の表情を見せていた。「クロ」と呼ぶと、にゃおうと鳴いたが、あげようとした餌を食べようともしないで、フェンスの外側へと飛び降りていった。

短すぎる再会だった。

その翌日、近所の人から「おたくのクロが空き地で死んでいる」と教えられた。うちで飼っていたわけではなかったが、近所の人はうちの飼い猫だと思っていたようだ。

その死を知ったとき、前日に姿を見せてくれたのは、別れの挨拶だったのだろうと思った。野良であっても一飯の恩を感じてくれていたのであろう。

猫は自分の死期を察する。

そしてまた「別れ」の意味を知っているのかもしれない。

潔い死である。

そういう死のあり方を猫たちから教えられてきた。

妻に先立たれる可能性も決して低くない

歳を重ねると自分のほうが妻より先に死ぬと考えている男性は多いのではないだろうか。どうしてかといえば、男性のほうが年上の夫婦のほうが多いうえに、女性のほうが平均寿命も長いからだ。

だが、必ず自分が先だと決めつけているのは思い込みに過ぎない。自分が残される側にはなりたくないという願望も含まれていることだろう。

実際はどうなるかわからない。

妻に先立たれるケースは決して少なくない。

事故や災害などの特殊なケースを除いて、夫婦が同じ日に死ぬことはない。どちらかが先に逝くのはどうしたって避けられないことだ。その現実からも目を逸《そ》らしているべきではない。

突然、伴侶の死を迎えてしまうこともあれば、癌などの病気のため余命宣告されることもある。

妻が余命宣告されたような場合、その現実にしっかりと向き合わなければならない。「お前がいなくなったら生きている意味がない……」などと言って、悲劇の主人公を気取っている場合ではないのである。

まずは残された時間をどのように過ごしていくかが大切になる。

その一方、そのあとには「ひとりで生きていくことになる事実」を直視しておく必要がある。

その日がくる前に聞いておかなければならないこともある。

現実的な話になるが、通帳や印鑑、有価証券の保管場所などもそうだ。聞きづらくはあっても、確認しておかなければ、あとから困る。

あまり急ぎ足で準備を進めれば奥さんもいい気がしないことはあるかもしれない。しかし、あとのことを心配させないためにも聞いておくべきだ。

そのあたりのバランスには夫婦ならではの機微が求められる。

そうして先のことを考えるようにしているうちに覚悟を決められる。

男は妻に依存していることが多い

私の場合、もし家人に先立たれたら、靴下や下着がどこにあるかわからない。ネクタイくらいは見つけられるにしても、めったに着ない背広がどこに入れてあるかは知らない。ふだんから家人に頼りきっているので、家人しか知らないことがいっぱいある。

そういうことをいつか教えてもらわなければならないと思っているのに、なかなか実現できずにいる。

家人が夕刻に買い物に行くときは「暗い色のコートは着るな」と頼んでもいる。できるだけ明るい色を着ていれば、暗い道でも車の運転者から見えやすいので、事故に遭う危険を少しでも減らせるのではないかと考えているからだ。携帯電話は必ず持っているようにともいつも言っている。それでも家人は、暖かいからと言ってグレーのコートを着ることもある。携帯電話を忘れて出かけることもある。

夫が先に死んだ場合、経済的な面を除けば、妻はそれほど困らない場合が多い。家事全般は日常のことだし、少しずつ悲しさも麻痺して通常の生活を取り戻していく。

女性には生理的な強さもある。

生物学的にいっても、女性のほうが逞しくできている。地球上のいかなる民族においても、女性の平均寿命のほうが長いのである。

悲しみをいつまでもひきずる男に対して、女性はそれが少ない。

悲劇を受けとめる力があるのだろう。個人差はあるにしても、傾向としてそういう違いがあることは歴然としている。

「主人がいなくなってから自由になった」と生き生きしていることさえある。

女房なしでは「男はつらいよ」

配偶者に先立たれてしまうと、まるでやっていけない男は多い。精神的に自立している女性に対して、男は妻に依存している。

現在の若い世代は、掃除、洗濯、料理と家事全般をすることができるのかもしれないが、私たちは「男子厨房に入らず」の精神で育てられた世代である。そのせいだけにしてはいけないにしても、家事全般が不得手である。かろうじて目玉焼きが作れるくらいの人が多数派だろうか。

私などは米の研ぎ方もわからない。女房が入院でもしたら、食事はすべて外食かコンビニの弁当になりかねない。掃除、洗濯は手つかずで家の中はぐだぐだになっていく。

パイロットだった友人がいた。現役時代は服装もダンディで、いつも身ぎれいにしていた男だ。ところが奥さんに先立たれてから風貌《ふうぼう》が一変した。

服は薄汚く、髪の毛はボサボサになった。

自宅に行ったら、部屋中に服が脱ぎ散らかされているばかりか、カップラーメンやレトルトの包装などが散らばっていた。

「なぜ部屋の中がこんなに雑然としているのか」と聞くと、「俺は家事全般がまったくできないのでこの始末だ」と苦笑する。

女房がいないと何もできない男はそうなる。

ひとりになって自由を楽しめるなどとは言っていられない。

なんでも自分でやれるようになっておくべきなのはもちろん、友人たちとの交流を絶やさないほうがいい。

そうでなければ、本当にみじめな老いの晩年を迎えてしまいかねない。

夫婦の関係はいつまでも同じではない

親子兄弟よりも長くいる時間を過ごすことになるのが夫婦である。

結婚のきっかけはそれぞれであろう。恋愛、見合い、友人の紹介……。政略結婚や商略結婚に近いものだった人もいるだろう。

愛し合って結婚していても、長年、人生を共有しているうちに気持ちが冷めていく場合も少なくない。

新婚時代は性《セックス》で結ばれていても、倦怠《けんたい》期に入ってくると男女としての絆は弱くなる。愛の結晶とも呼ばれる子どもたちの存在が夫婦間の障害物になることもある。

歳を重ねていけば、夫も妻も異性としての魅力が磨耗《まもう》してしまう。不仲になったわけではなくても距離が生まれる。女性のほうではそれをどう感じているかはともかく、男としてはつらい面が大きい。

とくに現役をリタイアしてからは、妻と過ごす時間が長くなる。余生を妻に託すことになるともいっていい。そのときに妻は、若い頃の妻ではなくなっている。もちろん、見た目や年齢だけの問題ではない。気持ちの問題である。

夫が現役時代、家庭を顧みず仕事に没頭しているあいだに妻が夫抜きの人生のあり方を考えている場合もある。子どもたちが独立したあと、一人で生きていくための準備を進めていることも考えられる。

対して男はもろすぎる。家の中のどこに何があるのかわからないだけでなく、現役を引退すれば、いる場所もなくなる。

現役のうちは家族が後ろ盾だと思っていても、リタイアしてからは、自分の存在が家族の邪魔になっていることに気がつく。

長い付き合いだと安心していてはいけない。夫婦の関係や家族のあり方などは簡単にリセットされる。威張っているのではなく、ひざまずくなどして、関係性を再構築していかなければならなくなるのである。

「離婚」を切り出されてもおかしくない

「熟年離婚」が流行語になったのは二〇〇五年のことだ。そういうタイトルのドラマの影響もあったのだそうだ。

実際に夫の退職を契機とした離婚は珍しいものではなくなった。離婚はしなくても、「夫と一緒の墓には入りたくない」という女性も増えているのだと聞く。

退職後、何をしていいかもわからず、日がな一日テレビを見て過ごし、食事の時間になると「メシはまだか」と言ってくる夫が、妻にとってうっとうしくないはずがない。夫の退職後、妻がもっとも負担に感じるのは、夫の昼食まで作らなければならなくなることだそうだ。

妻の外出先についていこうとする男もいるようだ。それでは「濡れ落ち葉」と言われても仕方がない。箒《ほうき》で掃いてもくっついてくる。妻からすれば勘弁してほしい存在でしかない。

老後が短かった時代なら、まだ我慢してくれたかもしれない。だがそれが二十年、三十年と続くのかと想像したとき、離婚を考えたくなる気持ちもわからないではない。

肉親の死にも立ち会うことになる

友人や伴侶より、血がつながった家族の死に接するほうが先になりやすい。両親などは年齢を考えれば当然のことである。

兄弟の死を早くに見届ける場合もあるだろう。

ずいぶん前の話だが、同窓会で再会した恩師に元気がないのが気になったことがあった。退職され、当時八十歳近い年齢になっていながらも、余生を満喫しているように見えていた人だった。それで心配になり、「どうかなされたのですか?」と聞くと、「もう疲れてしまいました。この頃は人と会うのも億劫になり、ひとりで映画のビデオばかりを見ています」と返された。

行動的だった先生が家にこもっているのは意外だった。あとで同級生に「親族の方が亡くなられた」ということを聞かされた。


年齢を重ねていけば、どうしても死と接する機会は増える。

そのなかでもやはり、血がつながった存在の死はダメージが大きい。

血縁がない知人のショックは一時的なもので済んでも、身内の死はなかなか悲しみが癒されない。

自分が置き去りにされたような侘しさもつのる。

自分を産んでくれた母との別れ。

戸外の雨風から守り、生き方を教えてくれた父の死。

兄弟との別離などにも耐えなければならない。

年齢の順になるとは限らない。

もし親より先に子どもが死ねば、残された親は大きな悲しみを背負うことになる。

親族や親しい人を失い、骨を拾うことになるたびに「自分の骨は誰に拾われるか」を考える。

「私はお前の心の中に生きている」

親しい人々の送葬の都度、思い出す『聖書』の一節がある。

『新約聖書』テモテへの手紙、第六章七、

「我らはこの世に何ものも持たず来りて、また、何ひとつ持たずにこの世を去っていく」

そしてゴーギャンの言葉、

「我ら何処より来るや　我ら何者なるや　我ら何処へ去らんとするや」

私は母を失った喪中欠礼には次のような文言を書いた。

「(前略) 享年八十八歳。年齢に不足はありませんが、それだけに思い出は長く、いまだに、母が死んだような気がいたしません。私をこの世に産んでくれた母の死は、心身の礎を失ったような虚しさとなって、埋めることができません。(中略)

母は、ただ母であるだけではなく、私にとって戦中の危難を分け合い、戦火の中を共に逃げ、戦後の混乱を手を取り合って乗り越えてきた戦友でもありました。その母の喪に服して欠礼のご挨拶を申し上げることは、母との間に開いた無限の距離を改めて思い知らされます。この御挨拶に、母があの世から、私はまだ死んでいない、お前の心の中に生きていると抗議している声が聞こえるような気がします。

(後略)」

母の抗議の声を聞きながら、母を失った人生を、生かされる限り生きていこうと決めたのである。

「お荷物老人」にならないために

別れはつらいが、生きていくのがつらいということにもなりかねない。

昔は二世帯、三世帯で暮らす家族が多かったのに、最近はそれが少数派になっている。高齢者がいる世帯は、老夫婦二人だけで暮らしているか、独居老人の世帯になっていることのほうが多いようだ。

家父長制の大家族が寸断されて「核家族」が流行語になったのは一九六〇年代なので昭和の話だ。近年では家族がさらにばらけて「個人化」している。

たとえ夫婦や親子で暮らしていても、それぞれが部屋にこもってテレビやパソコン、スマホに向かい、朝夕の食事を一緒にとることも少なくなる。

温かいはずの家庭から団欒《だんらん》がなくなり、寒冷化してきた。

いわば「家庭氷河期の時代」である。

昔は家族をいちばん大切にしていたし、頼りにもしていた。何かあったときは家族に相談し、助け合うのが当然であった。しかし、いまは孫の面倒を見てもらうことも簡単には頼めない関係性になっているようだ。インターネットで検索して、どこの誰だかわからない人に平気で子どもを預ける世の中である。

人間関係まで機械化している。

そういうなかで、おじいちゃんおばあちゃん世代、曽祖父母世代になっている我々は、家族に対してどのように接すればいいのであろうか。

高齢化社会とはすなわち「高齢者インフレ時代」である。

高齢者インフレ時代では家族との関係が大きなポイントになる。

家族から頼りにもされず、尊敬されてもいなければ、家でも社会でも「お荷物老人」になってしまう。そうはなりたくないものである。

そのためにも、「自分は家族に目を向けている」、「何かあったら頼ってほしい」というシグナルを伴侶にも子どもや孫にも発信しておいたほうがいい。

いずれ孤独になるにしても、家族がいるうちは家族との関係を密にしておきたい。

バリアフリーに甘えていると、尊敬されない

お荷物にならないためには、生き方も見直しておいたほうがいい。

世の中では便利な道具が次々と生まれてきている。携帯電話、パソコン、デジタルカメラ。いまではかなりの年齢の人たちがスマホを使うようにもなっている。少し前までは、携帯電話やパソコンなどなくても、何の不便も感じなかった。しかしいったん便利さを知ってしまうと、手放せなくなってしまう。

そういう便利さに疑問を持たずにいると、「甘えた体質」になりかねない。

以前にくらべれば、バリアフリーもずいぶん増えた。

公共施設などではバリアフリーが義務のようにもなっている。

そんな状況に甘えすぎている部分もあるのかもしれない。

階段を上り下りするのに不自由はない人でも、「ラクだから」と言ってバリアフリーを使う。あるものを使うことに問題はないが、あえて使わないという選択もある。意固地になるべきだというわけではない。便利なもの、保護しようとしてくれるものにあふれていても、使う必要がないものもある。

自分を助けてくれるものはなんでも使う、という甘えの構造に乗っかっているのをやめるのである。

バリアフリー精神の過多は、老人を尊敬される対象から、尊敬されない存在に変えてしまいかねない。

自分でできることとさえ、周りに頼ってしまい、それが当たり前という顔をしていたら、若者たちにどう思われるかわからない。

「バリアフリー根性」という言い方をされてもおかしくない。

足が不自由になってきたなら話は別だが、「高齢者は誰でも保護されて然るべき」という気持ちでいると、甘えばかりがふくらんでいってしまう。

そうなれば、若い人から手を差し伸べられることはあっても、尊敬の目が向けられることはなくなるのである。

いまの世の中では「孤独死」が増えている

仏教では、人間にはふたつの死があると考えられている。ひとつは肉体的な死。つまり生き物としての死である。もうひとつの死は、時間が経つにつれ周囲の人たちに存在を忘れられてしまうことである。

二番目の死を引き延ばすためには、生きているあいだにそれだけの存在であることがアピールできている必要がある。必要もないのにバリアフリーに頼っているようでは、そういう存在になりにくい。

肉体的な死があり、葬儀や法事が執り行われ、その人がいたことを思い出されなくなる。その人が「いないこと」が日常になっていく。

そうなるのは自然だといえ、この世を去る側の立場からするとやはり寂しい。

ところが現在では、そんな死であっても「幸せな死」と分類されやすい。周りの人たちからすぐに忘れられてしまうのが「幸せな死」だというなら「幸せではない死」とはどんなものなのか?

ひとつは「孤独死」である。

実際に死んでいることに誰も気づかない。

ひとり暮らしの老人だけでなく、中高年にもこのケースが増えてきている。社会構造の変化もあり、隣り近所との付き合いが希薄になっているところに原因がある。

お葬式が行われないどころか、死体も放置されて、誰かが訪ねてきたり屍臭が漂ってきたりするまで気づかれない。

たしかに不幸な死である。

死んだことすら知られない「孤立死」

最近はもっとひどいケースもある。

生きているのに生死がわからない状況になってしまうケースだ。そうなってはたとえ生きていたとしても死んだのとかわらない。

私はこれを「孤立死」と呼んでいる。

その人がその場所に住んでいることにさえ気づかれていない。死んでいたとしても、死んだことすら知られていない。

周囲に知人がひとりもいないのである。

訪ねる者がいないのである。

こういう人たちは、肉体的に生きていても、社会的にすでに死んでいる状態である。

そんな死が都会には多い。

人間が多すぎて、人間の海の中で泳いでいても社会には参加していない。泡粒《あわつぶ》にもならないような人間についていては、死のうが生きようが誰も知ったことではないのである。

大都会は、そんな人間の吹き溜まりである。

そんな社会がいいわけがない。

余生が長いという恩恵を受けるのもつらいよ

孤独死、孤立死をふせぐにはどうすればいいのか。

近所の同じ店で買い物をして店主に顔を覚えてもらい、さりげなくひとり住まいだと告げたり、新聞をとるのもひとつの方法だとはいえる。

新聞受けがいっぱいになれば、誰かが気がついてくれる。

毎日、同じ時間に同じコースを散歩して、店先で挨拶を交わすだけでも自分の存在をアピールできる。

覚悟のない孤独死、あるいは覚悟する間もなかったような孤独死は、想定外の体の不調から起きたり、犯罪が関わることが多い。

そういう事態はやはり避けたい。

余生が長いということは人生の恩恵である。

だが、恩恵が大きければ大きいほど、家族や仲間から置き去りにされる寂しさに耐えなければならない可能性は高くなる。

高齢化社会では、寂しさに耐える覚悟が求められ、自分の死に対しては責任を持たなければならない。それがなければ、無責任な孤立死につながっていく。

樹上で暮らす人たちの死と都会の孤独死

ニューギニアの奥地の木の上で暮らしている未開の人々をテレビが取材しているのを見たことがある。乏しい情報を集めながら、暗中模索の末に、ようやくその種族に会えて取材が許可されたという番組だった。

折からの雨季で、樹上に引っかかったような小屋の中で、彼らはただ膝を抱えて雨を見ていた。ただそれだけだった。

他には何もしていない。

小屋の中には何もない。

腹が減れば木から降りて木の実を集め、小動物を狩る。

狩りの道具も持っていないので、大した獲物は捕れない。

生存するためにぎりぎりのものだけを食べ、一生の時間を流しているだけである。

生存はしているが、社会的人間として生きているとは言い難い。

もしかするとこれは、観光用の演出であるまいかとも考えた。

だが、観光資源であれば、最小限の交通や通信が確保されているはずである。そんなものはまったくない様子だった。

この人たちが死ぬときは木の上の小屋にひとり横たわり、最後の時間を待つのであろうと思った。

周辺の樹上にも同じような小屋が見かけられたが、人影はなかった。

もしかすると、それらの小屋には朽ちた白骨があるのかもしれない。

都会の孤独死も似たようなものである。

樹上の人と違うのは、死後発見されたとき、必ず周囲に迷惑をかけることである。

孤独死とは社会における死に方のひとつであり、無人島や人跡未踏の地であれば、ひとりで死んでも孤独死とはいわない。

社会の中で生きている限り、ひとり老いて死んでいくのにも責任を持たなければならない。

それがつらくないかといえば、やはりつらい。

だからといって生を放棄はできない。

そうであるなら覚悟と準備をもって、生きていくしかあるまい。

家庭でも社会でも〝お荷物〟にならない

年長者は無条件に敬われるべきだと考えている人は多いのかもしれない。実際には少し前まで社会全体がそういうシステムになっていた。

しかし現代はどうか。

高齢だからというだけで敬われる時代ではなくなっている。

人が増えすぎると、敬老の時代から「棄老の時代」に移行しかねない。

老人というだけで切り捨てられてしまいかねないということである。

年長者が敬われていた時代は、そう遠くないうちに過去の話になってしまうかもしれない。敬われるどころか、蔑《さげす》まれる老人が増えていくとも考えられる。

そうなれば、若い世代からは「もう充分生きただろう」と白い目で見られかねない。

昔なら姥捨山《うばすてやま》に捨てられるところである。

さすがに現代に姥捨山はないにしても、邪魔者扱いされることは珍しくなくなる。そうならないためにはどうすればいいのか？

軽蔑される高齢者というのは、まず社会の役に立っていない。それにもかかわらず、いばっていて、社会のルールを守らない。ときにはわざと無理難題を言って、若い人を困らせては喜んでいる老人までもいる。

長く生きてきて、子どもたちを育ててきたのは立派であっても、子どもたちに嫌われてしまったのでは意味がない。

家庭でも社会でもお荷物にならないことが肝要である。

人生の後半にもなれば自分の好きなように生きていくべきだという提言には反してしまうが、それが一方の現実ではある。

「何をしてもいい自由」と「何もしなくていい自由」

人生の第三期、すなわち第二の人生に何をするかは自分次第だ。

そこには「何をしてもいい自由」と「何もしなくていい自由」がある。

「何をしてもいい自由」においては、自分の夢を実現したり、新しいことに挑戦することができる。会社や組織のしがらみなどはなくなるので、自分の意志次第では未知の世界にも進んでいける。

故郷でもない地方に移住して、陶芸や農作業などをしながら気ままな暮らしを始める人もいる。蕎麦打ちを趣味にしていた人が、退職金をつぎ込んで店を持つようなパターンなども少なくない。

学生時代に留学したかったのにできなかったという後悔があるなら、定年後に留学してもいい。そこまでは難しいと思うなら、短期の海外生活を送るなり、国内の市民大学に通うなりすることも考えられる。

極端な例でいえば、仏門に入って修行をして僧侶になるのもいいのではないか。

現役時代にできなかったことを実現できるのが「何をしてもいい自由」である。

一方の「何もしなくていい自由」は、それとは正反対のあり方になる。

社会との関わりをほとんど持たず、一日中ひとりでテレビを見て暮らすなど、本当に何もしないことである。

好きにしてもいい時間に何もしないというのは、ある意味、贅沢なことではある。

そんな時間はいらないという人もいれば、そういう時間の中で思いきり手足を伸ばしたいという人もいる。自分は後者だというのなら、そうしてしまうのも悪くない。

ただし、「何もしなくていい自由」を選択した場合には、尊敬の目を向けられることはまず望めなくなることだけは理解しておかなければならない。

「仕事の定年」と「人生の定年」は違う

定年退職したあと、急に衰えていき、ボケていく人は少なくない。

どうしてかといえば、現役感を失ってしまったうえに自分だけの世界しか存在しなくなるからである。

自分だけの世界では、視野も意識も行動範囲も狭くなる。そこに閉じこもってしまうことで活力が失われ、「自分で考える」ということが減っていく。

定年は便宜上の境界に過ぎず、そこに達したからといってゴールと思わないほうがいい。その境界を越えても、「社会の構成分子として生きている」という自覚を保ちつづけておくことが大切である。

仕事の定年と人生の定年は違うものである。

定年は経済史のなかでつくられたルールに過ぎず、その年齢も見直されている。「六十歳で定年というのは早すぎる」というのが一般的な見解になってきた。

六十歳や六十五歳で定年になったとしても、ルール上のことに過ぎず、社会から放逐《ほうちく》されたわけではない。

それまで所属していた会社組織から離れることになるだけで、別の組織に所属することもできる。元の組織に継続雇用、再雇用されるケースも増えている。

そうはしないで働くのはやめたとしても、それによって社会から離れることになるわけではない。そのこともよく認識しておくべきだ。

生きていく緊張感と枯淡の境地

仕事はやめても、臨戦態勢のままいることが大切になる。

「生きていく緊張感」を失ってはいけないということだ。

生きていく緊張感を失うというのは、人生を放棄したことを意味する。そうなってしまえば、老いるのが早くなる。

六十五歳未満で認知症を発症すれば、若年性認知症などと呼ばれる。そうなれば、いろいろな物事がわからないまま生きていかなければならない時間は長くなる。

四十年間、働き続けてきた結果がそれではつらすぎる。

枯淡《こたん》の境地といった言い方もされるが、定年直後にそう口にするのは違う。

枯淡とは、野心、性欲、食欲などがなくなることである。上昇欲や名誉欲などとも無縁になる。そんな境地に入るのは、後顧の憂いがなくなったあとからでいい。

枯淡の境地というと聞こえはよくても、言い換えれば枯木の世界である。

六十歳、七十歳という年齢であればまだ樹液はしっかり残っており、まだまだ花も実もつけられる。

その段階で自分から枯れていこうというのは、もったいなさすぎる。

「生きがい」か「居心地の良さ」か？

人は誰でも自由を求めているものでありながら、自由を手に入れたときに自由を持て余してしまいやすい。

散歩や図書館通いなどでのんびり過ごしていてもすぐに飽きてしまう。かといって家にばかりいると、家人にうっとうしいと言われる。そこで一日中電車に乗っているようになる人も出てくるわけだが、そこにはポジティブな姿勢が感じられない。やっていることは妥協にすぎないからである。

何をしてもいい自由と何もしなくていい自由のどちらを選ぶかということは「精神の自由をとるか、身体的な心地良さをとるか」の選択にもつながる。

精神の自由を保ちつづけるのは非常に困難なことだが、やりがいはある。

一方で身体的な心地良さは、動物的な生存本能や安全への欲求につながる。

定年後の自由を得たあとに限らず、人は誰でも「生きがい」か「居心地の良さ」のどちらかを求めているといえる。

生きがいと居心地の良さの両立ができればいいのに、それは難しい。

精神の自由と安楽な生活は抵触しやすいからだ。

老齢になって無理をしすぎる必要はないが、安楽な生活にあぐらをかいているよりは、精神の自由を求める部分は持っておきたい。

生きがいとは、「自分はたしかに生きている」という実感である。

安楽な生活は飽きやすいのに対し、そういう実感のある生活は飽きることがない。

女性にこそ「余生」を大切にしてほしい

主婦としてやってきている女性には定年がない。

そのことをプラスにするかマイナスにするかは本人次第なのかもしれない。同じような日々が続いている限り、現役でなくなるということはない。ただし、同じような日々が続くことにどこかで嫌気がさしてしまうことはあるだろう。

そうなったときに離婚を切り出して人生を再スタートさせようとする人もいれば、気力を失い、突然、老いていくこともある。男性の私が言うのはなんだが、その点においてはよく考えたほうがいいのではないだろうか。

女性の平均寿命は、男性より長い。どこからを余生というかはともかく、人生が長い分だけ、老いたあとの時間を大切にすべきだ。

女性がいかに余生を過ごすかといえば、いくつかの選択肢があるのだろう。

夫との時間を大切にするのもひとつのはずだ。男からいえばそれを望みたくはある。

夫と距離をおきたいなら親友との時間を楽しむ手もある。

学生時代の親友や歳を重ねていくなかで知り合った趣味の仲間、あるいは姉妹でもいい。これまでゆっくりと時間を過ごすことができなかった大事な人たちと旅行にいくなどすれば楽しいはずだ。

趣味を突き詰めるのもいいだろう。かなりの高齢でテニスを楽しんでいる人も少なくない。ほかにも手芸やカラオケなど、新たな趣味はいろいろ考えられる。

六十歳や七十歳になっても先は長い。何かをやろうという気持ちがある人とない人をくらべれば、そこから先の時間はまったく違ったものになる。

挑戦というテーマをいつまでも掲げておくのがいいのではないかと思う。

心や脳を衰えさせないためには

緊張感や気力というものは筋肉に似ている。

体を動かさなくなれば筋肉はすぐに衰えていくように、緊張感を持たなくなり無気力状態になってると、心も脳も老いていく。

私のように忙しすぎたことから心と脳が疲れてしまう場合もあるが、無気力によって心と脳を老いさせてしまう人のほうが多いのではないかという気がする。

テレビで時代劇を見るのが好きだった人が、時代劇を見ていても、ただテレビを点けているのに過ぎないようになっていることがある。どういうストーリーが展開されているのかを把握できていないだけではない。クライマックスの殺陣が始まっても、印籠が出されても、反応さえしない。その目には何も映っていないのではないかと疑われるような様子になっている人たちである。

そういう状態になってしまうと、緊張感や気力は取り戻しにくい。

肉体が朽ちていくのを待つだけになるので、そこに至らないように気持ちを引き締めておくことが大切になる。

高齢者になると、話しかけてくれる人が減っていきやすいだけでなく、本人も話しかけられるのを面倒くさがる面がある。

人と話をしなくなると、緊張感を保つのは難しい。

孤独な人は、犬を飼って、散歩を日課にするのもいいのではないだろうか。

そうすれば、犬に話しかけることもできるし、自然に体を動かすことになる。散歩をしていれば、犬好きが話しかけてくることが多いので交流も広がる。

犬を飼うことにためらいがあるなら、町内会などの集いに積極的に参加していくようにするか、行きつけの喫茶店や居酒屋などをつくるのもいい。そうすれば、マスターが話しかけてきてくれたり、常連同士で言葉を交わすようになっていく。そうして社会とのつながりをなくさないようにすることでも老いは遠ざけられる。

現役時代を持ち込めば「老人社会」に居場所はない

現役を退いたからといって、すぐに老人社会に溶け込んでいけるとは限らない。地域の町内会や老人会に参加するのが早道ではある。しかし、現役時代の成功や地位をリセットしきれずにいると、そういう中に入っても馴染みにくい。自分が苦手だというだけでなく、先にいた人たちに受け入れてもらえない。要するに、つまはじきにされやすいということだ。

高齢者は、三つの階層に分かれている。

まず六十代。たとえていうなら「余生の年少組」にあたる。

次が七十代。「余生の年中組」で、高齢者社会ではこの年代がいちばん力を持っている。

そして八十代以上が「年長組」。さすがに八十歳を超えると、気力、体力ともに衰えてきて、人のことはとやかく言わなくなる。

定年退職とともに余生をスタートさせた場合は年少組に入ることになる。

その段階できっぱりと過去を捨てようとしない人、会社の中で「長」だった頃の尻尾を残している人などは、なかなか老人社会に入り込めない。組織の庇護のもとでちやほやされすぎていた人はなおさらである。

その時期が長いと、慣性がついている。そうすると態度や言動をすぐには変えられない。長く伸びた長の尻尾に引っ張られてしまうのである。

そうした場合、もっとも勢力の強い年中組から排斥され、いじめられる。

「あの野郎、新入りのくせに偉そうにしやがって！」となるわけである。そんな事態を避けるためにも、過去に長だったことなどは持ち込むべきではない。

それまでのキャリア、成功体験などは忘れて、周りの老人たちと同じ立場になるべきである。

同じ立場というより、「下の立場」になるのを理解しておく必要がある。

その部分での切り替えができていなければ嫌われる。はみだした段階では「こんなグループに入れなくてもかまわない」と強がっていても、やがて居場所がないことを知る。不登校にも近いかたちで「引きこもりの老人」になってしまいかねない。それが老人社会の現実である。

曲がり角になる七十代

年代に応じてやっておきたいこともある。

余生の年少組である見習い期には、引きこもりへの道をたどらないように手を打っておくこと。自分が長だったことなどは忘れ、老人社会に溶け込んでいくべきだというのはいま書いたとおりだ。

年中組である七十代になると、失っていくものの多さが実感されてくる。体力、気力、記憶力、人脈などといったものがそうだ。

そうした事実を受け止め、克服するのが七十代のテーマである。

思うように動けなくなってきたと感じたなら、少しでも運動機会を増やすようにする。内臓疾患などが見つかったなら、しっかりと治療するか、それ以上悪くなっていかないようにケアする。記憶力があやしくなってきたなら、認知症が他人事ではないのを自覚して、ボケ防止になることを考える。友人知人の死が増えてきたときには、悲しみを乗り越えるだけでなく、新たな交流関係をつくっていく。

つらいことが増えていっても、仕方がないとあきらめてしまわず、先細りになっていかないように手を打つことが大切になる。

八十代になれば、身辺整理

八十代に入ったら、そろそろ「身辺整理」も考えなければならない。

「こんなものは残して死ねないな」というようなものがあるなら、処分しておく。持っていることすら忘れているようなものであっても、家族を失望させるようなものがあるなら、早いうちに始末しておいたほうがいい。

歳をとると整理が億劫になるが、コツがある。

「同類のものをひと括りにする」のが整理の第一歩となる。

本なら本、写真なら写真、書類なら書類、服なら服、食器なら食器とテーマを決めて順番にやっていく。

本や服などに関していえば、この先着ることがあるのか、読み直す可能性があるのかを現実的に考える。利用する可能性がないものは捨てるか、箱にまとめる。

捨てるのがベストだが、箱にまとめておくだけでも、残された家族は整理がラクになる。あとの人を考えながら、そういう作業をしておくのがいい。

身辺整理を進めていくと、身軽になるというより、見通しがよくなる感じがする。春や夏の樹々より、冬木立は見通しがいい。それと同じようなものである。

自分自身の見通しをよくすることを目的としながら、人から見ても、すっきりしていると感じられるようにする。

そういうことをいっさいしておかず、なんでも買い足していれば、物とゴミとの区別がつかなくなっていく。

お迎えが近いと感じたときから整理を始めればいいのだが、いつお迎えがくるかはわからない。八十代というのはそういう年齢だと理解しておかなければならない。

そう自覚するのはつらいかもしれない。それでも、整理を進めているうちにすっきりしていくものである。

歳を重ねれば、仲間たちが去っていく

歳を重ねていけば、櫛の歯が欠けるように仲間たちがいなくなっていく。

同窓会で「あいつがいないな」と尋ねると、「入院中だ」などと教えられる。それな

らまだいいほうで、鬼籍に入ってしまう仲間も出てくる。

友がいなくなるというのは、自分の存在が薄れていくことである。

学生時代の友人であれば、一緒に旅をしたり、夜を徹して語り明かしたりもしたような相手だ。

そういう友人がいなくなれば、思い出が消えていく感覚になる。

仕事仲間の場合もまた違ったつながりがある。プロジェクトに協力するなどしていれば、成功したか失敗したかを問わず、戦友のような感覚になっている。ライバルという関係性に近い相手もいる。

青春時代の友とは趣きが異なるが、去られてしまえばやはり、心の中の重要なパーツが欠けていくような喪失感がある。

私にとって笹沢左保氏は生涯の盟友というべき存在だった。

忘れられないエピソードはいろいろある。

東京の店で一緒になったとき、「森村さん、河岸をかえて飲み直そうよ」と誘われたこともあった。タクシーに乗り込むと笹沢氏は「羽田まで」と告げたのだから驚いた。

「羽田にいい店でもあるのですか?」と聞くと、「祇園かすすきのへ行こうよ」というのである。そのときは「いや、東京で充分です」と慌てて行き先を変更したものだった。

私より二学年上になる笹沢氏が亡くなったのは二〇〇二年のことで、まだ七十一歳と若かった。

その何年か前、佐賀県に住んでいたときにも笹沢氏は、癌で入退院を繰り返していた。一度などは山村正夫氏からの電話で「笹沢さんの具合がとても悪く、この一週間がヤマになるそうだ」と教えられたこともあった。そこから笹沢氏は持ち直したのだ。それどころか、その後、何冊もの新刊を出したのだから生命力は旺盛だった。

「あの人は化け物だ。死にかけていたところから持ち直したよ」と山村氏をあ然とさせていたものである。

その山村氏が先に一九九九年に亡くなった。

「あいつは俺の葬式を心配してくれていたのに、先に逝っちまいやがった」と笹沢氏も嘆いていた。山村氏は、笹沢氏と同じ学年の早生まれで六十八歳だった。

そして三年後に笹沢氏が鬼籍に入った。

最後に病院に見舞いに行ったとき、やつれた姿を見られたくなかったのか、「恥ずかしい」と口にしていた。

「なにが恥ずかしいんです。その元気なら、まだ何冊も書けそうだよ」と励ますと、笹沢氏も「そうだな。もう三、四冊は書いてみるかな」と、その気になっていた。しかし、そこから容態を悪化させて、数日後に逝ってしまったのである。

そのあと私は笹沢氏の遺志を継ぎ、未完になってしまった小説の最終章を補筆して完成させた。『海賊船幽霊丸』という時代小説で、笹沢氏の一周忌に刊行できている。

そんな経験があるので私は、自分が未完の小説を残して死んでしまうことは恐れていない。そうなりそうなときには、あらかじめ、あとを引き継いでくれそうな作家を指名しておこうかと思っているくらいだ。候補としては北方謙三氏などが挙げられる。もう一人の候補として考えていた夏樹静子氏は二〇一六年に七十七歳で亡くなってしまった。夏樹氏は私と一緒に闘った「腰痛仲間」でもあった。

心の傷はなかなか癒えない

趣味を通じて知り合った仲間が亡くなってしまうこともあるだろう。付き合った期間は短くても、余生の思い出を共有していた相手なのだから感傷的になる。距離感も近いので、死がより身近に感じられるにちがいない。どういう関係であれ、仲間がいなくなるのは思い出や記憶を組み立てていたものが欠けていくことにほかならない。

歳を重ねれば、置き去られる寂しさが重ねられていく。

同い年の元編集者が亡くなったときも心にずしりときた。仕事で知り合ったのだが、趣味の仲間、同好の士という性格が強かった人だ。互いに「山好き」だったことで意気投合し、一緒に山を登るようになったのである。日本の山だけではなく海外の山にも行った。

テヘランを発ってモスクワへ。当時のソ連を縦断した旅行は忘れられない思い出になっている。

スイスのマッターホルンに登るのがふたりの夢だった。

健康がすぐれなかったことなどから山からは遠ざかっていたが、彼は「もう一度、スキーをしたい」と計画して道具を買い揃えていた。

その矢先に逝ってしまったのだ。

私にとっての彼は、一緒に新しい可能性に挑戦できる戦友だった。戦友を失った心の傷はなかなか癒えなかった。

六十代あたりから永遠の離別が増えてきた。

老いていくというのは、孤独になっていくことである。

悲しくはあっても、自然の摂理として受け入れなければならない。

第4章

老人は、健康に寄り添う

不健康にも寄り添う

私は若いころは健康には人一倍に気を付けていた。

ビタミンのサプリメントや青魚のエキスを飲んだり、少し過剰だった。

よく耳にするのは、五十代、六十代で一度大きな病気をしたり、病気を発見したりすると、その後の人生で気を付けるから、逆に健康になるという。「病と付き合っていく」のが健康だと教えてくれた人がいた。

もちろん、大病はいけないが、老いは病気と二人三脚のように歩んでいく。

少しばかりの不健康に寄り添う方がいいのかもしれない。

生活でも、一日三食とか、甘いものはダメだとか、腹八分にしなさいとか、健康についてアドバイスされるが、私は逆で空腹になると、その時は遠慮しないで満腹まで食べてしまう。

また、昔から一日二食、早い昼飯が朝飯のような感じできた。三時ごろになると小腹が空くと、煎餅《せんべい》をぼりぼりかじる。甘味にも目がなくケーキでも大福でも和菓子もよく食べる。

思えば、不規則な食生活で不健康になるかと思うが、このスタイルを長年守っているので今のところなんら問題ないようだ。

美味しい珈琲にはこだわっていて、砂糖もミルクもたっぷり入れるのが私の流儀だ。糖尿病などを気にしてアドバイスする人もいるが、まったく血糖値には問題ない。

私の長年の生活スタイルにも関係しているようで、生活のリズムをあえて崩す必要はなく、世の中が不健康なことと指摘しても、逆に今までの生活リズムを崩す方が健康を害することになってしまう感じがする。

もちろん、病気を発見したら見て見ぬふりはせず、ちゃんと病院に行くのは当然である。病気にかかる人は自分のからだに気を使うから、かえって丈夫な人より長生きする。病は治るが癖は治らぬ。病気は治療次第で治るが癖を矯正するのは難しい。生活リズムの癖も直さないでよい。

できるだけ健康を保っておくためにはどうすればいいのか？

テレビや本などでもさかんに情報が伝えられてくるので、そうしたものを参考にしてもいい。だからといって、何もかも従う必要はない。自分で情報を取捨選択して、自分に合った健康法を見つけるのが大切である。

高齢者と呼ばれるようになっていながら、いっさい身体のことを考えないのはさすがにまずい。それではすぐに動けない身体になり、さまざまな病気を呼び寄せてしまう。

たとえば私たち作家は、若いうちからほぼ一日中座って原稿用紙に向かっている。打ち合わせで外出したり、取材で旅に出たりすることはあっても、慢性的な運動不足になりがちである。

肉体の老化を抑えるためにも病気を予防するためにもそれはいけない。

作家に限らず、現役を引退して家にいる時間が増えた人がまず考えなければならないのは、運動不足にならないようにすることであろう。

月並みながら、私が以前から長く実践している健康法は散歩である。もっとも簡単で、いつでも始められる運動である。

どのように散歩するかはその人次第となる。トレーニングウェアを着て、いかにも本気のウォーキングをする人もいれば、少しでも外を歩こうと自分のペースで家の近所を歩いている人もいる。本格的にやったほうがいいには違いないが、何もやらないよりは一歩でも外に出たほうがいい。自分なりのやり方を見つけられたならそれでいいのではないかと思う。私の場合、トレーニングウェアを着るような大層なやり方ではない。自分なりのペースを維持して、リズムよく歩くように心がけている。

できるだけ長い距離を歩くように頑張ってきた。

散歩コースに医院を入れる

散歩は「小さな旅」である。

散歩を始めた頃は、いちいちコースを変えるのが面倒に感じられたり、歩いているだけなのは退屈に感じられることもあるが、工夫を重ねれば楽しみが増える。

歩いていると、四季の移ろいを感じ取りやすいのがまずいい。

同じ時刻に歩いていても、春夏秋冬それぞれで道の表情は違ってくる。天候によっても別の横顔を見せてくれる。

季節の変わり目などなら、一週間で町が大きく風貌を変えることもある。

日本の四季はいいものだとあらためて実感される。

散歩のコースにかかりつけの医院を入れておくこともおすすめしたい。

私は実際にそうしている。内科、整形外科、眼科、皮膚科、歯科などの前を通るようにするのである。通りすがりに待合室を覗いて、空いているようだったら、すぐに診てもらう。混んでいたら素通りする。

病院にいちいち出かけるのは億劫なので効率的だ。

世の中には「健康オタク」と呼ばれる人たちがいる。生きるために健康に留意しているというより、健康のために生きているようにも見える人たちである。

とにかく情報を集めることに熱意を燃やし、本やテレビで紹介される健康法を手あたり次第、試していく。それが生きがいになっているような人たちのことだが、誰もがそうなる必要はない。

私などは老人性うつ病などの病気も経験したが、できるだけ長く仕事を続けていきたいから健康でありたいと思っている。健康のために努力しているわけではなく、生きるため、仕事を続けるため健康に留意している。

そういう姿勢でいなければならないのは高齢者として当然だと理解している。ある程度の年齢になれば、何も考えずに健康でいることは難しい。

散歩などは、自分の健康を考える第一歩になることである。その手軽さからいっても、誰もが日常のなかに取り入れていいことではないだろうか。

予定がなくなったときのスケジュール表

健康法と結びつけられるわけではないが、一日をどのように過ごすかということは、よく見直してみたほうがいい。そのためにもすすめたいのがスケジュール表を作ることだ。

現役を退いて自由になると、自分で自分を管理する感覚がなくなり、だらだらと無駄に時間を過ごしてしまいがちになる。

スケジュールらしいスケジュールがないということで無気力にもなりやすい。

そういう人は実際に見てきた。

私の友人で、入院期間が長引くにつれ、病気は快方に向かっているにもかかわらず、次第に無気力になっていったケースがあった。

そこで私はその彼にスケジュール表を作ることをすすめた。

「入院しているのだから、予定などは何もない」と言うので、「何時になったら売店を覗くとか、何時になったら病院の周辺を散歩するとか、そういうことでもいいんだ」と言って聞かせた。それでも乗り気でないようだったので、私のほうでスケジュール表を作って渡しておいた。

それに従って行動するようになった彼は少しずつ気力を取り戻していったのである。

一日の自分のリズムができ、やるべきことがあれば、それだけで張り合いが生まれる。老後に自由な時間が持てるようになると、縛りがない分、いい加減な生活になりやすい。

易きに流れるのが人間である。

ダラダラとした生活を続けていると、やる気も持てず、朝起きる気力もなくなっていく。無気力、自堕落にならないためにもスケジュールによって自分を律するのがいいわけである。

私の場合の行動パターン

人に勧めているだけでなく、私自身、一日の過ごし方はほぼ決めている。

まず起きる時間は決めておく。たとえば五時半に起きる。というか、歳をとったら自然に目が覚めてしまう。

起きてすぐ顔を洗う人が多いのであろうが、私はとにかく着替えをする。パジャマのまま動き始めると、気持ちを切り替えにくいからだ。

それから洗面所へ行って顔を洗い、歯を磨く。

このときコップ一杯の水を飲む。

人間は寝ているあいだにかなり汗をかくので、その水分補給である。若い頃には気にしていなかったが、歳をとってからは欠かさないようにしている。

ひと区切りついたら、七時にいったん仕事場へ入る。

八時半に喫茶店が開くので、時間に合わせてコーヒーを飲みに出かける。顔見知りと会話をしたりする。自分にとっての濃密な時間である。

喫茶店でやる仕事は前の晩に用意しておき、それを持っていくのがいい。

十一時頃に帰宅して、朝食をとる。

仕事場へ入って本格的に執筆を始めるのが十三時頃だ。日によっては編集者の訪問があったりインタビューが入ることなどもある。

八十代になってからは集中力を持続できるのが三時間くらいになった。

家内にコーヒーを淹れてもらい、軽くおやつを食べる。

天気がいい日は、それから散歩に出る。いろいろな病院を覗きやすくするためにも、散歩のコースは三つほど用意しておき、そこから選ぶようにしている。

天気が悪い日は散歩には出ないで、一時間ほど資料整理をして仕事の後半戦に入る。

夕食は二十一時頃である。

その後に入浴して、二十四時に就寝する。

「自分のバイオリズム」を掴むようにする

生活のリズムが身体に染み込んでいれば、自然に動けるようになってくる。それに合わせて行動するほうがラクだといえる。

仕事が立て込んだりしてリズムが崩れると、即座に体調にあらわれる。

生活のリズムは人それぞれだから、自分で自分に合った配分を見つけることが大切である。自分にとってもっとも都合のいい一日の時間の流れをつくっていくことだ。

そのためには、自分のライフスタイルを見極める必要がある。

まず一日のバイオリズムを記録してみるといい。

何時が寝つきやすいか、寝覚めやすいか。

睡眠は何時間くらいがいいか。

食事は何時頃に何を食べると便通が快調になるか。

どれくらいの運動をすると身体が軽くなり、疲れないか。

そういったことを自分の身体で実験して観察してみるのである。そうして「自分のバイオリズム」を摑んでしまえば、それに合わせた生活ができるようになる。

一日の予定はアバウトなところから始める

人によって違いはあるだろうが、スケジュールに縛られすぎたくない人は、ある程度、アバウトな時間配分にしておくのがいい。あまり細かく組んでしまうと、それに合わさなければならないという焦りから気持ちに余裕がなくなり、スケジュールの奴隷になってしまうからだ。充実した生活を送ろうと考えてスケジュール表を作っていながらそうなってしまうと、かえってストレスになる。

最初にスケジュールを作るときなどは時間までは決めず、「朝起きたら犬の散歩に行く」、「朝ごはんを食べたら家の周りの落ち葉を片付ける」、「その後に図書館に行く」というように、大まかに一日の計画を立てて試してみるのがいいと思う。

その計画に従ってやってみれば、いろいろなイレギュラーに出合う。

これは自分に合わないと感じる部分もあれば、新たなスケジュールが追加されていくこともある。

犬の散歩に行ったら、同じように犬を連れた人と顔馴染みになり、その人と趣味の会に参加するようになることなども考えられる。

図書館に行く途中に感じのいい喫茶店を見つけて、そこに行くのを日課にしようと思ったなら、そこでまた時間を組み換える。

いろいろな人や場所との出会いによって行動は広がる。

そのたびスケジュールも調整していけばいい。

そのうち決まったスケジュールに合わせて動くのに慣れていく。日課にしている内容も次第に充実していくものである。

「ながら」のある生活は効率がいい

犬の散歩をしながらラジオを聴く。

風呂に入りながら音楽を聴く。

そういう「ながら」も悪くない。

スケジュールを立てるときに、あらかじめ「ながら」を組み込んでおいてもいい。スケジュールにはなくても、気分によってそうしてしまうのもいいであろう。

一点集中する必要がないようなことに関しては、同時並行して二つか三つのことをやっていくと効率が良くなる。

テレビを見ながら新聞を読むような人も多いのではないだろうか。どっちつかずにはなりやすくても、なんとなくは頭に入る。私の場合はコマーシャルに入ったときに新聞を読むほうに集中するようにしている。

執筆中に疲れてくると、ベランダに出て、屈伸運動や伸びなどの軽い体操をしながら遠くの空を見るというのは「はじめに」でも書いた。

私はこれも「ながら」だと思っている。日光浴をしながら、運動不足になりがちな身体を動かす。そのうえ目の休養になるのだから、効率がいい。三つくらいのことが一度にできるのである。

「ながら」がいいといっても、車を運転しながら携帯電話を見たり、自転車に乗りながら音楽を聴いたり、スマホを見ながら歩くようなことは絶対にしてはいけない。法律でも禁じられていることもあるように危険が伴い、命に関わる。

自分だけではなく、ひとの命も奪ってしまいかねない。

老いるに従い「現状維持」を考える

いまよりもっと体力をつけるとか、より健康になろうと目指すのでなく、老いるに従い「現状維持」を考えて、そのためのメンテナンスをしていく。

筋肉などは年齢とともに退化していくので、ある程度食い止めるために最低限の運動を心がけておく。私が散歩を習慣にしているのもそういう意識があるからであり、メンテナンスのような感覚である。

他人に迷惑をかけないで済むように、自分で動ける状態を維持する。

ある程度の距離は歩ける、階段を上れるというなら、それでいい。

バリアフリーに頼りすぎないほうがいいということもすでに書いた。筋肉を退化させないためにも、ケガなどに注意しながら無理のない範囲で階段を使うようにするのも大切である。そういう心がけが筋力維持につながる。


子どもの頃、私は身体が弱かった。しかし、作家活動に入ってからは、風邪や軽い食中毒などを除けば、病気とは無縁になった。

腰痛を長く患い、突然、老人性うつ病に苦しむことにはなったが、年齢を考えれば仕方がないことだったといえる。

年齢を重ねれば、それ相応のガタはくる。

筋肉や骨、脳や内臓に金属疲労が出てきて、老朽化していく。

それはやむを得ないことだと受け止めて、衰えていく身体の劣化速度を抑えることを考える。

そういう割り切り方が大切である。

楽しみながらボケを防止する

最近は老いて自転車に乗るのも少なくなったが自転車について書いてみたい。

自転車に乗るのはボケ防止に効果があるというのは脳の専門医から聞いたことだ。自転車に乗っていれば、自然に周りに注意をはらうことになるので、それがいいわけである。前後左右に目をくばり、車や歩行者の動きを確かめながら瞬時の判断をしていく。

視覚、聴覚、反射神経。それに加えてバランスを取るためにも脳は働く。

それぞれの機能を同時に働かせるため、脳が活性化するのである。

電動アシスト自転車に乗れば坂道を登るのもラクなので、体力に自信がない人はそうしてみるのもいいはずだ。自転車を利用すると、行動半径は一気に広がる。見知らぬ町を一人で歩いていると不審の目で見られることもあるが、自転車だと不思議にそれがない。近場から始めて、自分の体力を測りながら、少しずつ遠乗りできるようにしていく。自転車は、電車やバスで行くには不便なところにもすいすい行けるように機動力にすぐれている。

自転車事故は増えているので、その点での注意は必要だ。自分が車にはねられたりしないようにするだけでなく、歩行者などにも迷惑をかけないようにしなければならない。

電動アシスト自転車などでスピードを出していれば、死傷事故になることもある。それだけは避けなければならない。

将棋や碁、麻雀などの勝負事もボケ防止にいいといわれる。脳力トレーニングとしてこうしたレクリエーションを取り入れる老人福祉施設も多いのだという。

いわゆる「健康麻雀」をする人も増えた。タバコを吸わず、酒を飲まない。賭けずに行う麻雀である。緊張感は薄れるにしても、麻雀はすぐれた頭脳ゲームである。小さな牌を扱うために指先を動かすのも脳にいい。

「小さな旅」と称して、自宅周辺を散歩しながら、自分で地図をつくったりする試みも脳トレになる。

もともとの行動範囲内で新たな発見ができたりすると、いい刺激になる。運動しながら、好奇心をみたしていけるのだから一石二鳥である。

英語の勉強もいいと書いたが、語学に限らず新しいことを勉強すれば脳も頑張らざるを得ない。それまでにはなかった緊張と刺激が生まれるので、ボケ防止につながる。

短くても「人間的な眠り」を大切にする

眠りに対する考え方も変えなければならない。

睡眠不足は良くないといわれるが、ぐっすりと眠るためには体力がいる。歳をとって体力が落ちてくると、あまり深くは眠れなくなる。メラトニンの分泌量が減ることなども関係している。要するに、睡眠時間が短くなるのは自然の摂理なのである。

泥のように眠るのは、若い世代までしかできない動物的な眠りだ。歳をとってからの眠りは「人間的な眠り」といえる。

眠りは、健康的な眠りと不健康な眠りに分けられる。

不健康な眠りというのは、いびきをかきすぎる、輾転反側《てんてんはんそく》してのたうち回る、うなされる、というようなものだ。それでは疲労が抜けないどころか、むしろ疲れる。

健康的な眠りはそれと反対で、すやすやという寝息だけが聞こえるようなものだ。そうして眠っていられると、起きたときにも爽やかな充足感がある。

「あと十五分くらい眠っていたい」と思うくらいがちょうどいい。

それが生きている眠りである。

人が亡くなると、「どうぞゆっくりお眠りください」という言い方がされることがある。「死んだように眠る」といった表現もある。

いずれにしても、死と眠りを結びつけて考える発想から出ている言葉だ。個人的にこういう表現には抵抗がある。眠りは死ではないからだ。

人生の中で眠りの時間は大きな割合を占める。

一日八時間睡眠をとっているなら、人生の三分の一を寝ていることになる。六十歳を迎えた段階で、二十年分の時間は眠っていたということだ。九十歳でほぼ三十年なのだからものすごい時間だ。

それだけの時間、人間はただ死んだようになっているわけではない。

眠るということこそ生きている象徴であり、「よく生きるために、いかに眠るか」が問われる。生きるために重要な行為である。

そんな眠りだからこそ大切にしたい。

コップ一杯の水が脳卒中を防ぎ、少しの牛乳が胃を治す

眠りの質を高めるためには「眠る準備」も必要になる。

若いときのように、疲れて家に帰ってきたまま、ベッドへ倒れ込むように眠ってしまうわけにはいかない。

お風呂に入って歯を磨き、一時間後に布団に入るというように自分のリズムをつくることが大切になる。

「そうすればよく眠れる」という自己暗示にもつながる。

もうひとつ大切なのが、「寝る前のコップ一杯の水」である。

生きている眠りのための水分補給といえる。内臓、とくに循環器系は、眠っているあいだも活発に動いている。代謝活動により血液が濃くなり、脳卒中などのリスクが高くなる。明け方に目が覚めて、起き上がったときに倒れる人が多いのはそのためである。

その予防として寝る前に水を飲む。

一杯の水で救われる場合もある。たくさん飲みすぎると、今度はトイレに何度も起きてしまうので、コップ一杯くらいがちょうどいい。

私は朝、起き抜けにも一杯の水を飲むようにしている。

寝る前には、水だけでなく、牛乳も少しだけ飲むようにしている。

寝る前に少量の牛乳で胃に膜をつくっておくと、胃の小さな傷は朝までに修復されると聞いたからだ。医者からすすめられたことである。

やってみると、朝、目覚めたときの胃のむかつきがすっかりなくなった。

そういう症状がある人は試してみてもいいのではないだろうか。

自律神経のメカニズムを知り、就寝時間を考える

高齢者の自律神経失調症も増えているので、自律神経についてまったく知らない人は

少なくなっているのではないかと思う。

体を動かすアクセル的役割を果たす交感神経。

体を休めるブレーキ的役割の副交感神経。

私たちの意志とは関係なく、両者がバランスをとりながらうまく機能していてこそ、健康でいられる。

通常、昼間に行動的に動いているあいだは交感神経が優位になっていて、夜に心と体を静めていくと副交感神経が優位になっていく。

その切り替えがうまくできてこそ、よく眠れる。そのため眠りが近づいてくる時間帯には、できるだけおだやかでいるのがいい。そうすると、寝つきが良くなる。

切り替えのタイミングには個人差があるようだが、一般的には夜の十一時頃が目安になる。ただし、都会の生活に慣れていると、それが少し遅くなり、午前一時頃になっていることもあるという。そういう時間がくるまでに眠りに就くのがいい。そのタイミングを逸してしまうと、健康的な眠りを手に入れにくくなる。

宵《よい》っぱりの人などは、人間本来が持つサーカディアンリズム（概日《がいじつ》リズム）が崩れてしまい、睡眠障害などを起こしてしまう。

締め切りを何本も抱えているような作家は、意外に徹夜で仕事をしたりはしない。いよいよ越せないラインを迎えたときなどに徹夜をすることはあるが、そうすると睡眠のリズムが崩れてしまう。元のリズムを取り戻すためには何日かかかるので効率が悪い。そういうことを身体で学んでいるのである。

眠れなくても、それをストレスにすべきではない

「なかなか寝つけない」、「すぐに目が覚める」といったことを口にする高齢者は多い。深刻な睡眠障害であれば治療が必要になるが、不眠症とまではいえないケースが多いのではないかとも想像される。

不眠症ではないかと悩みすぎるのも考えものだ。

「年齢的にいっても、朝までぐっすり眠ることはできないのは当たり前」と割り切っていれば、気持ちがラクになる。

眠れないという焦りをストレスにするのはよくない。

ストレスがたまると、自律神経のバランスが崩れやすいとも指摘されているようにストレスこそが睡眠の敵なのである。

私はお風呂に入って歯を磨いたあと、布団に入る前に、その日の出来事を整理して、戸締まりや火の始末などを最後にもう一度やっておく。そうした確認作業が眠りに向かうリズムになっているからだ。

しかし予期せぬこともある。これで眠れる、という段階になって野良猫がやってきてリズムを崩されてしまうこともある。我が家では以前から、家にやってくる野良たちは拒まないということは先にも書いた。

クロのあとにもいろいろな名前で呼ぶ野良たちがやってきた。

代黒《だいこく》、ちび黒と黒猫が続き、そのあとには、ライオン、茶釜、くわんくわん、アメシヨー、因幡、尾短《おたん》などがいた。それぞれ命名の由来は説明するまでもない。何もひねらずにつけている。

睡眠の邪魔者たちは、いちいちかわいい。

猫たちは、いつでも不意打ちをしかけてくる。そして人間の自由を制限してくるが、すべて許容してしまう。猫好きの人間にとって、猫は人生の伴侶のようなものであり、何をされても大抵は許してしまう。

餌をもらっていることでのお礼のつもりか、トカゲや小鳥、ネズミの首といったプレゼントを持ってくることさえあるが、悲鳴をあげても怒りはしない。好意であるのだから、怒るどころかほめるしかない。

睡眠時間が削られたとしても腹を立てたりはしない。深夜の訪問者と遊んでいるうちストレスも消えていくのでいいのではないかと思っている。

こうしたときには、心も身体も、長く睡眠をとる以上の恩恵を享けている。

「昼寝」の効用は大きい

歳をとって眠りが浅くなっているためなのか、よく夢を見るようになった。目も覚めやすくなるが、かといって疲れが残るわけではない。

高齢になれば、五時間から六時間眠ればいいという人もいる。以前は七時間は眠りたいと考えていた私も、いつ頃からか五時間くらいで充分と感じるようになっていた。

そのかわり、昼寝を一時間くらいするようになった。

朝起きて夜眠るまでのあいだ、まったく眠らない「無着陸飛行」をすると、疲れがたまりやすい。そうならないようにするためにも昼間に寝ておく。それ以上長くすると、夜に眠れなくなったり、再スタートしにくくなるので気をつけている。

昼寝をする際は、布団にまでは入らないほうがいいともいえる。本格的に眠りたくなってしまうからだ。ソファで横になるくらいがちょうどいい。

私の場合は、居間に腰かけて、数分だけ眠ることもある。

疲れてくると体内には活性酸素が発生するそうである。

それが細胞を傷つけ、疲労因子を生み出す。ところが、わずかな時間でも昼寝をすると、今度は疲労回復因子が作られるので、フレッシュアップして新たな気持ちで午後の仕事に臨める。活性酸素は癌の原因になりやすいともいわれているのだから、こうしたリフレッシュは大切である。

この頃は若い従業員の多い会社でも昼寝をすすめているのだと聞いた。リラクゼーションルームを設けて昼食後に短時間眠るのである。実際に仕事の効率アップにつながっているようである。

若い人でもそういう休息が必要だと考えられるようになったのだ。高齢であれば、なおさら休息が必要になってくる。

糖尿病予防を考えた「入浴法」

心身をリラックスさせるためにも、健康的な眠りに就くためにも入浴は大切である。ただ入ればいいと考えるのではなく、自分に合った入浴法を確立しておくのがいい。

私は、夕食後に風呂に入ることにしている。食後すぐに眠ってしまうと、カロリーが余ってしまい、糖尿病になる可能性が高まると聞いているからだ。

糖尿病予防のためにも風呂にはゆっくりとつかって、基礎代謝を上げるようにする。風呂に入る前に、まず家の階段を二、三回、上り下りする。上り下りで早まった心臓の動悸が収まるのを待ってから、少し水分を補給する。緑茶やウーロン茶、自家製ゴマ麦茶のうちのどれかにする場合が多い。

湯の温度は低めに設定しておき、最初は胸から上は湯につけず、半身浴をする。そのため、冬場はあらかじめバスルームを暖めておく。

こうした入浴法にすることで心臓への負担をかけずに基礎代謝を上げられる。医師のアドバイスで始めたやり方だ。私の身体には合っているようで、長く続けている。

忙しいときなどにはこうした手順を踏めないときもあった。たとえば、夕食後、どうしても眠気に襲われたときには、少しだけ仮眠をとってから風呂に入るようにしていた。また、疲れ切っていて風呂に入りたくないとき、あるいは外出して遅くなってしまったときなどに手足だけを洗っていたこともある。

外出から帰ってきて顔も洗わず、手足も洗わないで、そのままベッドに入るというのはやはり避けたい。

健康法は続けることが大切なのだが、「できない日の逃げ道」も用意しておくといい。逃げ道というと聞こえが悪いだろうか。「最低限のルール」である。

健康法を毎日絶対に守ろうとして、それがストレスになるようなことは絶対に避けなければならない。

食事のとり方もおよそ決まっている

健康を考えるうえでは、もちろん「食」も重要である。

ある時期から私は一日二食を基本にするようになった。

気が向いた朝は近所の喫茶店に行き、コーヒーを飲みつつ、帰宅して十時半から十一時頃に朝食をとる。今風な言い方をするならブランチに近い。

焼きおにぎりかトースト、目玉焼き、蒸し野菜もしくは茹で野菜が中心である。それに、キナ粉とゴマを入れたヨーグルト。オレンジかリンゴか桃か黒にんにくかプルーンをつける。生野菜は胃に良くないため避けている。

外食するときでもそうだ。できるだけ蒸し野菜や茹で野菜を食べるようにしている。

そして十六時頃におやつをとる。コーヒーとともに、クッキーや塩気の少ない煎餅《せんべい》などを食べる程度だ。

夕食は二十一時頃からである。ごはんに具だくさんの味噌汁が基本となる。そばやパスタなど麺類にするときもある。肉や魚系の料理を一品、野菜の煮つけや納豆など六～八品目の料理が食卓に並び、けっこう賑やかである。

若い頃から私はどちらかといえば草食系の「粗食派」だったが、草食ではやはりスタミナがつかない。肉は百グラムくらいはとったほうがいいのだという。歳のせいで、それほど食べる気にはならないので五十グラムほどとるようにしている。

これに日本酒か濁り酒を半合つけたりもする。

誰でも「一日三食」がいいとは限らない

私の一日二食は、厳密な二食というより「二食＋軽いおやつ」だといえる。三食とって、そのたびに満腹にするより、胃の負担が少なく、脂肪の蓄積も抑えられる。こうした食事法も主治医にすすめられて始めた。

このやり方にして以来、胃がもたれたり、むかついたりすることが減った。私の身体にはたいへん合っているようである。

一日三食は多くの人がすすめていることだ。しかし、一日二食が体に合っているならそれでいいのではないかと思っている。

食後の過ごし方にも習慣がある。

昔から「親が死んでも食休み」という。

私は食後、必ず右半身を下にして、少しの時間でも横になるようにしている。そうすると、胃の幽門《ゆうもん》から腸へと食べたものが流れやすくなり、胃が苦しくならないからだ。試してみて、胃から逆流するように感じる人はやめたほうがいいだろう。

こうしたことも含めて、自分で試してみながら、自分に合ったやり方を見つけていくのが大切である。

「量より質」で、おいしいものを求め続ける

人生第三期における食は「量より質」で考えたい。

若い頃のように食事はスタミナ源だといって、栄養のバランスも考えず、好きなものを好きなだけ食べているわけにはいかない。歳をとると食も細くなる人も多い。医者に通っているとすれば、健康状態に合わせて食事制限を言い渡されたりもする。

制約のなかにありながらも「食の楽しみ」を失わないようにするのが大切である。それがすなわち量より質の食事だ。

ある時期から私は、まずいと感じるものを無理して食べるのはやめた。

贅沢に聞こえるかもしれないが、いつまで普通に食事できるかわからないのだから、そのうちの一回でも無駄にしたくないからである。

食事は食べ直しがきかない。まずいと感じたものを我慢して食べれば、それでお腹は

張ってしまうので、一回を失う。そのほうが「もったいない」と考えている。

戦時中の物資不足の時代には、食べられるものはなんでも食べた。それは生活ではなく生存のためだった。味などは二の次というか、まずいなどとは言っていられなかった。どんな味のものであろうと、なんでも口に入れた。

時代は変わり、食生活はそういうものではなくなった。そのうえ、八十代ともなれば、余生の時間は限られているのである。

食は一期一会ならぬ「一味一会」である。一回一回の食事を大事にしたい。

だからといって、お高い店で高級な料理を食べたいということでは決してない。おいしいと感じられる料理を楽しんで食べられたなら、安いB級グルメでもいい。歳をとってからは安くておいしいものを見つけるのが楽しみにもなってきた。

現役時代の打ち合わせなどでは、相手に失礼がないように考える必要がある。料理のおいしさよりむしろ「ある程度の格がある店」を選ぶような場合も多いものだ。「安いけれどおいしい店」には、取引先を連れてはいけない。どんなにおいしくても、ラーメンやカレーライスの店にＶＩＰを招けないからである。

しかし、リタイア後の人生では、「安くておいしい店」が頼もしいパートナーになる。自分の鼻を頼りにしたり、友人やメディアの情報などを参考にして、いい店を探す。自分好みの一品に出合えたときの喜びは大きい。

そういう感動を大切にしていきたいということである。

贅沢品や嗜好品を求めての「人間らしい生活」

コーヒーやタバコ、酒は嗜好品といわれる。

タバコは害毒が大きいので嗜好品に入れることに賛成ではないが、嗜好品とは、生存のためには不可欠ではなくても人生には不可欠なものである。

戦時中は、嗜好品は贅沢品で、コーヒーなどはまずなかった。

タバコも途中からは配給になり、いちばんまずい「金鵄」（ゴールデンバットの戦時中の名称）というタバコがほとんどだった。

まやかしであっても嗜好品が欲しいという人たちは自分でメチルアルコールで酒を作ったり、柿の葉っぱでタバコを作ったりしていた。

コーヒーもタンポポの根を煮るなどして代用品を飲んでいた。

メチルアルコールの自家製酒で失明した人もいたらしい。

戦時中、私は子どもだったが、ルートを遮断されて砂糖が入ってこないため、ケーキもまんじゅうも甘いものはほとんどなかった。いまの若い人はお菓子のない人生など考えられないのではないか。

食に関する話ではないが、小説もなかった。

図書館は、哲学書や国威を発揚するような本ばかりで、少年向けのエンターテインメントなどはいっさいなかった。そういうものは与えてはいけない、人間を腐らせる毒素だと考えられていたからだ。

それが、どれほどつまらない人生だったか。

贅沢品や嗜好品を求めるのは人間だけである。

逆にいえば、贅沢品や嗜好品のない生活は、人間らしい生活とはいえない。そういう時代を過ごしてきたからこその「一味一会」である。

緑内障と最高のコーヒー

六十代の頃、緑内障《りょくないしょう》を発症する可能性があると医師に指摘された。緑内障は悪くすれば失明につながる。

視力を失うことは、作家生命の死を意味する。なんとしてもそれだけは避けなければならないと思った。医師に予防法を聞くと、「目を酷使《こくし》しないこと」、「眼圧を高めないように刺激性の強い飲食物を摂らないこと」だと言われた。

仕事柄、日常的に目を酷使しているのは間違いなかった。そこで即座に仕事場の環境を見直した。窓を大きくして、日中は太陽光だけで仕事をする。夜には手暗がりができないように照明の使い方を工夫した。

刺激性の強い飲食物になるからということで「カフェインを控えろ」と言われたのも問題だった。私は大のコーヒー好きで、当時は一日に何杯もコーヒーを飲んでいた。家で飲む際、淹れるのは家人であるが、こだわっておいしい淹れ方、飲み方を追求していた。しかし、視力と引き替えにはできない。

仕方なく一日一杯を目安にすることにした。

一日一杯となると、豆も厳選するようになり、よりおいしさを追求することになる。すると、香りや味をより深く楽しめるようになってきたのである。歳をとって緑内障の可能性を指摘されなければ、こうした香りや味には気づけなかったかもしれない。

私が到達した最高のコーヒーの飲み方も紹介しておきたい。

個人的な好みは苦味系である。通常の倍の豆を使って淹れる。

カップにもこだわる。リモージュやロイヤルコペンハーゲン、マイセン、ウェッジウッドなどはやはりいい。日本では大倉陶園のものがお気に入りであり、行きつけの喫茶店にはカップキープしているくらいである。

雰囲気も大切になる。欲をいうなら、静かなクラシック音楽が背後に流れ、外では静かな霧雨が降っているようなときがいい。

コーヒーは熱くなければならない。そこにペルーシュ・ブラウンという角砂糖を一個、静かに入れて、砂糖が溶けすぎないようにスプーンで二、三回かきまぜる。

脂肪分四二パーセント以上のクリームをカップの縁からそっと流し込み、コーヒーの表面にクリームのマーブル（渦）ができるようにして、ゆっくりと味わう。

三、四口飲んだところで、もう一度かきまぜ、再びクリームを入れる。

そうして味の変化を楽しむ。

どんなにうまいコーヒー豆であっても、脂肪分四二パーセント未満のクリームでは沈んでしまい、カフェオレのようになってしまう。歴史のある純喫茶でも、意外にクリームをしっかりと選んでいないところが多いので気をつけたい。

近年は、緑内障の恐れがあっても一日二、三杯のコーヒーは問題ないとも言われるようになった。それで私も飲む回数を増やした。だが、一日一杯に限っていたときこそ、至福の時間を過ごせていたともいえる。

自分の「便」は観察しよう

蛇足になるかもしれないが、「トイレの作法」についても付け加えておきたい。「大便は身体からの大きな便り」とも言われるように、体調のバロメーターになる。そのため、変な意味ではなく、自分の便はできるだけ観察しておいたほうがいい。色、形状、量、臭いなどだ。いい大便……、バナナのような形をしていて、黄褐色の便が出たときはうれしい。なかなかお目にかかれないので、デジカメで撮影していた時期もある。自慢したくて家人に見せようともしていたが、嫌がられていた。

私はS状結腸過敏症なので、食後すぐに便をもよおしやすい体質である。そのため、トイレには一日三回以上お世話になるので、私にとってトイレは大切な空間となる。居心地のいい場所にするための努力は惜しまない。

自宅のトイレなどは、清潔にしておけば、他のどこよりプライバシーが保障された快適な空間になる。気持ちよく便が済まされたなら、その爽快感があとの仕事にもいいリズムを与えてくれる。

温水洗浄機の使い方にもこだわりはある。水勢は最強で、水温は四十度。洗浄だけを目的にするのではなく、出口に噴射することで、たちどころに便意をもよおす。浣腸の役目も果たしてくれるわけだ。

トイレットペーパーの紙質などにも好みはある。

トイレの窓は少しだけ開けておく。

そうすると、春は沈丁花《じんちょうげ》、秋は金木犀《きんもくせい》など、四季折々の香りが庭から漂ってくる。人工的な芳香剤とはくらべられないほど、爽やかな気持ちにさせてくれる。

そうした空間にこだわっているため、できれば、出先では用を足したくない。気持ちのいい時間にしたいので、近所でもよおしたときには一目散に帰宅する。

仕方なく外のトイレを使うこともやはりある。温水調整やトイレットペーパーの紙質がままならないだけでなく、先に使った人の残り香などがあれば最悪である。

「うつ」に苦しまないために

私自身、老人性うつ病になってしまったわけだが、そういう人は増えていると医師から聞いた。原因はさまざまだが、自分が老いていくことのストレスも原因になるようだ。うつになったとき、まずわかりやすく見られる特徴は、朝、気分がふさぐことである。特別な不服はないはずなのに、朝から憂うつな気分になっている。

老人性うつ病の場合は、薬が合えば治りやすいので、異変が感じられたときには早めに病院に行くのがいい。

ひとりで抱え込んではしまわないことである。

老いから生じるストレスを解消させるためにも家に閉じこもらないこと。そのためにも散歩を日課にしたり、外で誰かとともに行う趣味を持っておくのがいい。

そうすれば、仲間とのコミュニケーションがとれるので、気分転換になる。

旅行をするのもいい。行ったことがなかった未知の世界に出合う刺激を得られるのがいいからだ。思い出の場所を再訪するのもいいだろう。あの頃はよかったと落ち込むのではなく、青春を取り戻したような気分になりたい。

人との交流は、趣味の仲間に限らず、若者や異性など、幅を広げたほうがいい。私の場合、「山村教室」（山村正夫記念小説講座）を引き継いでいたこともあり、作家志望の人たちと交流する機会が多かった。さまざまな仕事をしている人たちがいて、みんな好奇心旺盛だった。集まって話をしていると、とても楽しい。

生徒には、弁護士や医者、教師、公務員といったお堅い職業に就いている人たちもいれば、SMの女王、セクシーアイドル、占い師、主婦などもいた。

住んでいる世界が違う人たちが集まれば、いろいろな話を聞くことができる。作家志望の人たち同士で刺激を与えあっているだけでなく、私も刺激を得ていた。それでも私はうつ病になってしまったのだから油断がならないが、そういう交流はあったほうがいいのは間違いない。

「老い」をプラスに考えることも大切

うつ病のケアは、無気力な状態に入る前に始められるといい。ボーダーラインを越えてしまうと、ひとの言うことを聞かなくなって、無気力状態をどんどんひどくすることになるからだ。

アリとキリギリスでいえば、キリギリスのような生き方をしてきた人のほうが無気力状態になりやすいのだとも聞く。社会とのつながりが弱く、いい加減な生き方をしてきた人は、経験の蓄積がないため、ピンチに立たされたとき、どう立て直せばいいかがわからないからなのだろう。

一方で、現役時代に仕事を生きがいにしていたような人が引退後に張り合いをなくし、気力の低下とともにうつ病や認知症を招いてしまうケースも多いという。そういう人の場合は、その後まもなく訃報が届くケースも多い気がする。

一概には、「なりやすい人」と「なりにくい人」は分けられない。

自分の身に老いが訪れていることについては深刻に考えないほうがいい。そのストレスがうつ病を招いてしまうケースもある。

老いて先が見えてきたこともマイナスではなくプラスに受け止めたい。想定外の事態が起きたとしても「限られた時間の範囲内のこと」に過ぎないのである。

これから何があるのか……などとは恐れず、大胆に現在を楽しめばいい。

そういう姿勢を持っていればうつを遠ざけられ、うつになっても早めに克服できるのではないかと思う。

二十歳で死ぬことが義務づけられていた時代

先にも触れたが、子どもの頃の私は病気がちだった。

少年たちのあいだでも強健な体格の持ち主が幅をきかせていた時代であり、私のようなタイプは、文弱、弱虫などとののしられたものである。

当時でいう国民学校の初等科四年生のときには微熱が下がらず、長期欠席となってしまった時期もあった。太平洋戦争のさなかで、ろくな薬はなく、万病に効くといわれていた孫太郎虫や鯉の生き血などを飲まされた。孫太郎虫とは、ヘビトンボの幼虫を乾燥させたものなのだから、気持ちがいいものではなかった。

何の病気だったかはいまもわからない。

それでもなんとか生き延びた。

一九四五年（昭和二十年）の八月十五日。

未明に郷里の熊谷市は日本最後の空襲を受けて、我が家も全焼した。

昼になって天皇陛下の詔勅を焼け残っていたラジオで聴いたのである。

意味はよくわからなくても戦争が終わったことは理解した。

大人たちはみんな泣いていたが、私は終戦に安堵した。

そして日本は、軍国主義から民主主義に変わった。

戦後の混乱は続いていながらも、一日ごとに日本列島は潑剌《はつらつ》としてきた。

戦争と平和。

束縛と自由。

破壊と建設。

貧窮と豊潤。

軍国主義と民主主義。

両極といっていい社会を経験した。

戦時中、男子は二十歳で死ぬことを義務づけられていたといえる。だが、終戦後は国の復興や医療の進歩など、さまざまな要因により日本人の寿命は一気に延びた。

癌や新型コロナウィルスとどのように向き合うか

寿命が延びたからこそ、大抵の人は病気で死ぬようになった。

なかでも、癌が脅威となった。

日本人の死因の第一位である。

タバコや食品、ストレスなど、癌になるリスクはいろいろある。

しかし最大の要因は「加齢」に伴う「老化」である。

若年性の癌は別にして、癌は一定の年齢を超えることで発症しやすくなる。

つまり、高齢化社会だからこそ、癌で亡くなる人が多くなったということだ。

癌に限らず、高齢になるほど病気のリスクは高くなる。

今回の新型コロナウィルスも脅威となっているが、日本の老人では、心疾患、脳血管疾患、肺炎などで亡くなる場合も多い。

どこまでそうした病気の予防を考えるか。

うつ病や認知症も含めて、予防の意識を強くしていたからといって、これらの病気にならないで済むとは限らない。

そのあたりは難しいところになる。自分の考えにもとづいて予防などを考え、病気と向き合っていくしかないといえる。

人間は百三十歳まで生きられるというが……

人間の寿命は本来、何歳くらいであるべきなのか？

寿命の限界はどのくらいの年齢なのか？

生きることに反する要素のすべてを排除すれば、人間は百三十歳くらいまで生きられるという説がある。医学と衛生学と栄養学が進歩してきたので、ずいぶん長生きできるようになってきたが、それでもまだ寿命は百三十代に達していない。

なぜかといえば、人間は常に、生きることに反する要素を、生きるために必要としているからである。

たとえば、会社へ入って働くということにもストレスがある。時間の制約を受けたり、仕事のノルマを課されたりするからだ。会社に入らないで、独りで無人島へ行ってロビンソン・クルーソーのような生活をしていれば、社会的なストレスはなくなるだろう。しかし現代の人間は、社会へ出て、会社や組織に所属するか、所属はしないにしても組織や他者と関わり合っていかなければ、生きていけない。

文化的度合いが高くなってくるのに比例して、アンチ生命的な要素、すなわち「毒素」は多くなる。

生命にとっては毒素となることでも、人生にとっては必要な場合が多い。社会に参加している限り、ストレスがない、酒は飲まない、夜遅くなることがない、というわけにはいかない。

そしてまた、人生とは毒素が多いほど面白くなるものである。

だからといって、早死にするのは歓迎できない。

それならば、どうすればいいのか。

自分の人生に適した毒素のチョイスが必要になってくる。

たとえば飲酒しながらタバコを吸うと、別々に摂取する場合より、身体に悪い度合いが高まる。相乗的になるのである。その両方をカットすることができないならば、別々にとるとか、タバコだけやめるなどする。

そういう選択が常に求められてくる。私たち人間はそのようにしてアンチ人生的な要素、毒素と共存しているのである。

あきらめずに病気と付き合う姿勢

医療は年々進んでいる。

癌にしても、以前であれば、告知されたときには死を覚悟するのに近いイメージがあった。しかし現在では、早期発見によって早期治療できるケースはずいぶん増えている。

「うちは癌家系だから」、「糖尿病の家系だから」などと言って、いずれそうした病気に罹って死を迎えるものだと決めつけている人もいる。

そんなふうにあきらめるべきではない時代になっている。

予防を考え、もし発症してしまっても、しっかりとした治療を受ければ、平均年齢を超えて生きられるケースは珍しくなくなっている。

どれくらい予防を意識しておくかは人それぞれだとしても、病気になったからといって簡単にあきらめたりはしないで、「どういう治療を受けるのが最善か」を考えていくべきだといえる。

病気については、インターネットで調べる、医学書を読むなどして、原因や治療法などを知っておくことも大切である。

病院で検査して癌などが見つかった場合にしても、その病院で提示された治療方針に無条件に従うのではなく、セカンドオピニオンを求めることも大切になる。

自分で考え、選択することを放棄するべきではない。

自分で選んだ治療法であれば、自分で責任も持てる。

そういう姿勢で病気とは付き合っていきたい。

「良薬は口に苦し」という。

薬に限った話ではなく、生きるためにはつらいこともあり、努力が必要となる。その苦味こそが人生でもある。

一度限りの人生を全うするためには、病気になるかは運次第、治るかどうかは医者次第などと考えるのではなく、すべて「自分次第」と考えなければならない。

長く生きていれば、なんらかの病気になるのは当然である。

あきらめずに闘っていくしかない。

第5章

老人は、明日に向かって夢を見る

人生をリセットするチャンス

八十歳でも夢を追いかけている人はいる。その一方で、五十歳、六十歳といった年齢で、新たな何かをしようといった気持ちを失っている人もいる。

こうした違いはどこで生まれるのか？

早いうちに絶望してしまうのは、人生に対してあまり情熱を持っていなかった人が多いようだ。充実した仕事や私生活を送れなかった。若い頃に描いた人生設計のように生きられなかった。組織の主流から外れてしまった。失敗や挫折の連続で人生に情熱を持つことができなくなった……。そんな状況で、六十歳をすぎてから新しい未来が待っている、と言われても、なかなか信じにくいのかもしれない。

逆に現役時代は自分なりに納得した人生が送れていて、退職してからも新しいことにチャレンジを続けてきた人は八十歳になっても情熱を保ち続ける。

「俺の人生も悪くなかった。まだやれる」と前向きになりやすいのだと思われる。

第二のスタートは、それまでの人生をリセットするチャンスである。

六十歳、七十歳まで生きれば、いろいろなことがあるのが当然といえる。病気になったり家族との別離があったりするだけでなく、人によっては会社の倒産、交通事故、災害などに遭うこともある。予期していなかった不幸やトラブルが重なることもある。そうなると人間は、なかなか立ち上がれない。

私も絶望しかけたときが何度かあった。若いときでいえば、希望していた大学に落ちたときや切望していた会社に採用されなかったときなどがそうだった。そういうことがあるたび、自分はダメ人間ではないのかと思った。最近でいえば、老人性うつ病となり認知症をわずらい、書くことができなくなりかけたときの苦しみは言葉にできないほどのものだった。

考え方を変えてみてはどうか。

現役からの引退は、過去との決別を意味する。

いいことも悪いこともすべて過去の出来事として水に流す。

それまでにあったことはリセットしてしまい、ゼロから始まると考えてもいい。

続編やエピローグのつもりでいるのではなく「新章」にすればいいのである。

老いを加速させるかは自分次第

「出会い」というものは、人生の第三期に入っても大切にしたい。

人生は出会いの連続であり、出会いというものは三つに分けられる。

第一が人との出会い。

第二が文化との出会い。本や映画、音楽や絵画、舞台などがそうだ。

第三が場所との出会いである。旅などがそうだが、引越しにより新しい町に住むことになるならそれも大きい。

出会いによって、人生が方向づけられることもあれば、軌道変更されることもある。

最近は動物、ペットとの出会いもあり、かなりのウエイトを占めるようになってきた。人によっては家族と変わらない存在になることもある。盆栽や家庭菜園など、植物を育てることに比重を置く人もいる。動植物との出会いは「第一の出会い」に含めて考えてもいいのかもしれない。

それぞれの出会いは、いわば未知との遭遇である。

出会いによって未来の可能性は無限に広がる。

歳を重ねると、「知らない人と話をするのは疲れる」、「新しいことはやりたくない」と言って面倒くさがり、出会いを拒むようになる人もいる。そういうふうにしてしまうと、自分で老いを加速しているのと変わらなくなる。

歳をとればとるほど、自分から積極的に出会いの場に参加していくべきである。とりたてて特別なことをしなければならないわけではない。

テレビで見た名所や温泉地などに行ってみるだけでもいい。俳句などの趣味の会や男女を問わない料理セミナー、何かの勉強会などに体験入会してみるのもいいのではないか。一度覗いてみて、つまらない、自分には合わないと感じた場合は無理して続けず、やめればいいだけだ。老いたからといって縮こまってしまわず、アクションを起こしていくことが大切である。

人との出会いがあれば、新たな発見もある。自分とは違う考え方なども吸収できる。新たな趣味を教わることもある。そうしたことには年齢や性別は関係がない。

自分の知らないことを知っている人、自分が経験したことのない体験をしている人たちに出会うことが大切なのである。

そういう出会いをいつまでも求め続ける姿勢を持っていたい。

写真＋俳句＝「写真俳句」は楽しい

何かしら趣味は持っていたいところだ。

旅行やゲートボールなど、なんでもいい。もちろんゴルフでもいい。

新しく始めることとしておすすめできるのは俳句である。

俳句は、若い人よりもむしろ、歳を重ねた人のほうが上達が早い。

凝縮の文芸だからである。

凝縮させるためには、源資が多いほうがいい。源資といっても、お金のことではない。俳句を作るうえでの言葉や体験の貯金のことである。

そうであるなら、人生経験は多いほうがいい。

若者の俳句は、ひらめきや若さで形になるが、年寄りは源資がたくさんあるので、深い俳句になりやすい。そういう意味で俳句は高齢から始めるのに向いている。

私は日課にしている散歩の途中に出逢う風景を俳句に詠むようになった。

自分でも満足できる俳句が詠めるようになった頃、編集者との雑談のなかで、その話になった。詠みっぱなしでいては散逸するので「ブログにあげたほうがいい」と言われて、その意見に従ってみたが、アクセスはまるで増えなかった。

そこでひと工夫、加えた。

若い頃から私はカメラを趣味にしていた。山登りも好きだったので、さかんに写真を撮っていたのだ。出会った人との記念撮影も好きである。そういうバックボーンがあるので、散歩に出かけるときにはカメラを携帯するようになっていた。デジタルカメラを手に入れてからは、メモがわりに四季折々の風景を写真に撮ることも増えた。

そこで、ふと思いついたのである。

写真と俳句をセットにしたらどうだろうか、と。

詠んだ句に、情景の写真をつけるのである。

デジカメなので、パソコンに取り込めば、簡単に作れる。

さっそく写真と俳句を一緒にアップしてみた。すると、たちまちアクセス数が上がっていった。

俳句の凝縮と、写真の情報量がいい組み合わせになったのである。

俳句と写真を連動させた「写真俳句」は、文字が並んでいるだけの俳句と比べると、情報量が圧倒的に多い。色が見えるだけでなく、音や匂いまでするような気がする。

そんな写真俳句は非常に楽しいので、私は積極的にこれを人にすすめている。

凡句や凡写も精彩を放つことがある

小説が好きな人でも、簡単には小説家にはなれない。しかし、俳句は違う。さまざまな芸術分野があるなかでも、俳句は受け取り側から作り手への移行がもっとも容易に行えるジャンルである。

五七五音を詠むことで、誰でも「作家」になれる。

最初から名句は詠めないにしても、俳句であることにはかわりがない。

秀句と凡句の差も大きいが、凡句を重ねているうちに秀句を詠めるようになる。

カメラもまた俳句に近い。写真を撮った経験がない人でも、カメラを持って町や野に出れば「写真作家」になれる。

下手の横好きでもいい。この光景を写真に残したいと思ったときにシャッターを押せば、その写真はこの世でたった一枚のものになる。

自分で撮った写真を家で見ていると、そこで俳句が生まれることもある。先に俳句が生まれて、そのイメージに近い写真が欲しくなり、そういう場面を求めて撮影に出かけることもある。

写真にも凡写といえるものがあるが、凡写と俳句を並べると、意外に精彩を帯びることがある。

俳句も写真も名人ではなくても、互いに補い合える。

凡句と凡写を連れ添わせて目も当てられないことになる場合もあるが、その取り合わせが奇妙な味わいを導き出してくれることもある。

万人にほめられようとは望まなくていいのではないか。

自分なりの世界をつくりだせたなら、それでいい。

写真俳句は「散歩」とも「猫」とも相性がいい

写真俳句がいいのは、健康のための散歩とセットで行える点にもある。街を歩いていれば、自然に四季の情景を感じる。そのことはもちろん、写真を撮りたい、俳句を作りたい、という創作意欲につながる。

私の場合、散歩に出るときにはボイスレコーダーとデジタルカメラを持っていく。散歩の最中に俳句を詠むが、歩きながらメモを取ると書き切れないこともあるので、ボイスレコーダーに吹き込む。

句材、句境になりそうな予感がした情景があればデジタルカメラで撮っておく。そうして自分の足を使って情景を探していると、楽しみが、よりふくらむ。

私は猫好きだということも書いたが、猫でもずいぶん俳句は書いている。

　　猫通う路地に不在の友訪ね

　　忍び足泥棒猫の冬支度

猫の影余生と共に日脚伸び

などがそうだ。

猫の俳句を紹介していけばキリがないのでこの辺にしておく。

「つかず離れず」で、時にはデートもいい

定年退職を迎える頃に突然、妻から離婚を切り出されてもおかしくないということはすでに書いた。そうならないためにも第二の人生が始まったときには夫婦の関係を見直しておいたほうがいいかもしれない。

ある意味、「青春のやり直し」である。

まずは会話の時間をつくり、甘えすぎたり、寄りかかりすぎたりしない。それぞれが自分の時間、自分の居場所を持っている存在だということを理解しておく。

「つかず離れず」がうまくいく条件である。

夫婦はそもそも他人である。

他人同士ということをしっかりと意識しておくことで緊張感が生まれ、互いを理解しよう、思いやろうとする意識が出てくる。

相手に魅力的だと思ってほしいということから、言い方や態度、身だしなみなどにも気をつけるようになっていく。

互いにおっさん化、おばさん化、じいさん化、ばあさん化していくのは仕方がないにしても、男と女であることを忘れてはいけない。

夫婦で会話の時間を持てと言われて何を話していいかわからないなら、第三者がいる場所に夫婦で参加するという手もある。

ボランティア活動でもカラオケ会でもいい。そういうところにいると、ふだんとはまた違う一面が見えてくる。マイナス評価は受けてしまうこともあるかもしれないが、あらためて頼もしく感じられたり、いとしくなったりすることもあるはずだ。

外食の機会などを増やすのもいい。家の中で差し向かっている時間だけが続くと、どうしても日常から離れにくいものだからだ。

相手の好みを尊重して映画やコンサートなどに行き、その後に外食をすれば、映画やコンサートの感想を言い合える。何を話せばいいかわからないということにならないのがいい。若い頃のデートが思い出されたなら、その頃の気持ちが戻ってくることもあるのではないかと思う。

自分で「自分のスタイリスト」になる

「もう歳だから」といって服装などに無頓着になるのはよくない。自分を良く見せるという意識がなくなると、夫は妻に、妻は夫に愛想をつかしやすい。そういう事態を避けるためにも、お洒落には気をつかいたい。

私は大学を卒業したあと、九年ほどホテル勤務をしていた。ホテルに勤めていた頃は、お客さんの服装にも目配りしていた。身だしなみの悪い人には、いい印象は持たれない。それだけで警戒させられる部分もあったほどである。

身だしなみをチェックするポイントはどこにあるのか？

よく「靴を見ろ」と言われるが、私の場合は、まず、服の生地と仕立てを見ていた。それからネックレスやブレスレットなどアクセサリーを見る。そしてネクタイ、腕時計と見ていく。ホテルマン時代は、袖からちらっと覗く程度の腕時計を見れば高級ブランドかどうかがわかったものだ。

ただし、たとえば腕時計だけが良ければいいというものではない。トータルでバランスが取れていることが大切になる。バランスが取れていないと腕時計が悪目立ちして成金のように見えてしまう。

一点主義などにはならず、まとまりが良く、清潔感があることが大切である。全身にその人のセンスが行き渡っていると格好よく見えるのである。

そうしたところに気をつけるためには自分で自分のスタイリストになるのがいい。

人の服装の良し悪しはわかるのに、自分のコーディネートはできない人がいる。それは、主観的に好きなもの、ラクなものを身に着ける習慣がついてしまっているからだ。自分のスタイリストになったつもりで客観的に見るようにすればそこを直せる。

全身を鏡で映してみればわかりやすい。

なにか違和感があればその部分を変えればいいのである。

ループタイはしないほうがいい

四季や気候の変化に合わせて服装を変えることを心がけるだけでもずいぶんと変わってくる。

Tシャツやポロシャツなどだと変化が乏しいので、ひと工夫必要になる。ラフな白シャツは袖をまくるだけでも余裕が生まれ、セクシーに見えたりする。ただし、場所と時間と季節に合わせなければならない。また、ダークスーツでも、ベルトや時計、靴などをうまく合わせれば、印象はがらりと変わる。

などと偉そうに書いているが、そういう私自身、それほど気をつかわず適当にやっている。それでも、いくつか注意していることはある。

たとえば、ループタイはしないということ。

以前は私もループタイをしていたが、いかにも年寄りっぽく見られるということに気づいたのである。

実際のところ、年配の人間でなければまずループタイはつけない。そういうものを当たり前に身につけるか、つけないかで変わってくる。

男はいくつになっても「武装」していたい

若いうちはわざと崩して着るおしゃれというものもあるが、ある程度の年齢になったなら、そうはしないほうがいい。歳をとってから崩していると、わざと崩しているのではなく、単に崩れているだけというふうに見られやすくなるからだ。

そんな見方をされないためにも、だらしなくはしないことである。シワの寄ったシャツを着たり、髪の毛をボサボサのままで放っておいたりもしないことだ。年配者はできるだけ、きりっとしておいたほうがいい。

最近はファストファッションと呼ばれる安価でカジュアルなブランドが年配者にも人気である。安いというのはやはり魅力だ。

ただ、みんなが同じものを着ているため、目立たない。ワン・オブ・ゼムになってしまうのだ。皆が同じような服を着ているなかで、あえて海外ブランドのスーツを着るような気概をみせてもいいかもしれない。

そこまではしないにしても、「それほど高くない服をうまく合わせる」といったことでも違ってくる。自分らしいお洒落というのを考えていきたい。

センスのいい着こなしができていると、おのずと背筋が伸びる。生きることへの緊張感のようなものが相手に伝わり、さらに若々しく見えるはずである。

私たちの業界でいえば、五木寛之さんはスタイリッシュである。傍から拝見していても、服装、身だしなみに気をつかっているのがわかる。若いときから格好良かったが、歳を重ねても、余計に緊張感のあるお洒落を極められている。

あるエッセイストが「五木さんはコーヒーの飲み方がうまい。普通ではできない格好良さなので、練習しているのではないか」ということを書いていた。それを読んで「なるほど、そうかもしれない」と思った。本当に練習しているのかどうかはわからない。そうして人目を気にする感覚を持っていることが大切なのである。

北方謙三さんも格好いい。葉巻を吸う姿を見て、うならされたことがある。北方さんもまた、葉巻の箱を開けるところから、ライターで火を点けるまでの動作を練習したのかもしれない。

外に対する緊張感を失わないこと。それはすなわち武装である。

武装している男には、武装している格好良さがある。

隙がないのに、さりげない。そういう男でありたいものである。

異性との交流、シニアラブもあっていい

異性を意識するのもやめないほうがいい。

夫婦も関係が長くなると、互いを異性と見なくなっていく。晩年になって妻に不倫をされる場合もあるが、元をたどれば、そうしたところに原因を見出せる。夫のことを「おとうさん」と呼び、男性として意識しなくなっているところで外に出たとき、他の男性に性的魅力を感じてしまうのだ。

そんなふうになってしまわないためにも、夫は妻を女と見て、妻は夫を男として見る緊張感を保ちつづけることが大切である。

伴侶がいる身であっても、「異性の友達」は持っておきたい。

夫や妻から嫉妬され、間違いの元にならないようにしなければならないが、ガールフレンド、ボーイフレンドがいてこそ、いつまでも若くいられる。

異性文化の補給ができるのである。

テニスやゴルフ、カラオケや句会といった趣味の仲間でもいいし、グループ交際でもいい。そういうところで異性と触れ合っていれば、そこに刺激が生まれる。服装に無頓着にならない、ニュースや流行に敏感でいようとする。そんな効果が期待される。

異性に対してドキリとするようなことも何歳になってもあっていいのではないか。ただし、そういう関係にセックスを持ち込むべきかといえば、あまりおすすめはできない。自分と相手のどちらかに伴侶がいるなら絶対的にタブーになる。

どちらにも伴侶がいないなら、「新たな恋愛」は自由だ。それでもやはり、シニアラブは基本的にはプラトニックであるのが望ましい。

ある程度の年齢になっていると、若いときほどセックスが重大事ではなくなっている。それでいながら軽々しくそういう関係を結んでしまうと、消えかけていた火がついてしまうことがある。

それによってどろ沼にはまっていきかねない。

それまで生きてきた互いの生活史を尊重しあい、上品かつ知的な関係を楽しむのがいいのではないだろうか。

老齢になっての古い友達との付き合い

三十代、四十代といったうちは古い友人の存在を忘れて、「その時点での関わり」の中だけで生きていることにもなりやすい。

しかし、五十代、六十代といったあたりからは、その時点の生活には具体的な貢献はしてくれない「思い出の友人たち」が大事になってくる。過去のクラスメイトや学友などである。懐かしさにほろっとするような存在だ。

そういう友人の存在は、ほかにない癒しになる。

ビジネスとは無関係のクラスメイトや学友は、人生の宝物のような存在である。

過ぎ去った青春、虹のような夢を分け合ったキャンパスの友、遠い昔の友は、今日会っても昔と同じ存在であり、思い出話は、何度語り合っても楽しい。

戦場での時間を共有した戦友は、常に緊張している人間関係といえる。しかし、長い時間をあけると、ともに死線をさまよった仲間として、青春の友人とは異なる絆が感じられてくるのだという。ともに生き残ったということが重みになる。

ビジネスでも大きな契約を共有した社友なども同様だろう。

同じ病室で入院していた他人なども近い存在になることがあるかもしれない。

昔は「文友」という存在がいた。いわゆるペンフレンドである。

刹那《せつな》的な電話ではなく、手紙を交信できる友がいれば、心のメンテナンスにつながる。

いま、ペンフレンドがいる人は少ないのではないだろうか。

なんでもメールでやり取りできるので、メル友には事欠かないのだろう。しかし、デジタルな時代だからこそ、郷愁にあふれた手紙は相手にも喜ばれる。

疎遠になっていた友人から「本を読んだよ」と手紙をもらうことがあり、そんなときは本当にうれしい。

手紙をきっかけに再び付き合いが始まることもある。

そういう関係が増えていったなら、老齢になっても孤独を感じずに済み、身辺は賑やかになる。

シニア世代になってこそ「自由な読書」が楽しめる

何歳になっても人は学ぶことができ、エンターテインメントを楽しむことができる。

人間とサルとの大きな違いは、文化を持っているかどうかである。

サルに限らず、人間以外には文化を持った動物はいない。

文化は、ただ生存するということだけでなく、生きることに意味を与える。

文化があるから、人生が彩られ、豊かなものになる。

人類は言葉を持っているがゆえに、文化を堆積して次世代へと引き継いでいくことができる。それを体現しているのが読書である。

本があるおかげで我々は、人類誕生の地点に遡ることなく、これまでに人類が築き上げてきた文化を俯瞰して、思考を巡らすことができる。

読書には大別すると三つの型がある。

第一型は、自分の知識や教養を高めるための読書である。人間としての情緒を高め、現代人としての基礎的教養を身につけることができる。これはとくに精神が柔軟な「若者の時代」に期待される読書である。古典的な著作や名作といわれる文芸作品、哲学書、あるいは新書のように専門的な内容を噛《か》み砕いて一般向けにしたものなどがこれにあたる。

第二型は、職業に関する読書である。

弁護士が六法全書を読み、医者が医学書を読み、銀行員が金融経済の本を読むように、職業生活上、必要不可欠の読書である。専門知識は日々アップデイトしていかなければならないので、怠ることはできない。「現役時代の読書」だ。しかし、第二型の読書だけに偏ると、感受性や情緒は干からびてしまう。

第三型は、趣味や娯楽に関する読書、エンターテインメントの読書である。小説や詩集などもこれに入る。料理の好きな人にとっての料理本、写真が好きな人の写真集などもこれに含まれるであろう。「どの世代にも共通する読書」といえる。

この三型に合わせて自分がどのような読書をしてきたかを振り返ってみるといい。高校時代は受験勉強ばかりで、先輩や友人に勧められた名作も読んでおらず、第一型の読書が足りなかった……。大学時代は遊んでばかりで哲学書などまったく手に取らなかった……。現役時代はほとんど職業的読書ばかりだった……。そんな傾向がわかってくるはずだ。そうであれば、これまでに足りないところを意識的に補うようにしていくのがいい。

もちろん、その点にこだわりすぎる必要はない。シニア世代の読書はどんな枠にも縛られるべきではないからだ。「何のために読むのか」、「役立つかどうか」といった枠を取り払い、純粋に楽しんでいいのがシニア世代の読書である。

老齢だからといって退屈してる場合ではない

読み損なった名作をはじめ、論理性を尊ぶミステリ、波瀾万丈の冒険小説や時代小説、ハードボイルド、ＳＦ、ファンタジー、軍事小説、医療小説、経済小説、恋愛小説などを手あたり次第に読み漁り、読書に媒介される壮大な作品世界に新たな人生を学ぶのもいいのではないだろうか。

最近の文芸書は、老人のために活字を大きくしてくれている。夜間に読んでいても、あまり目が疲れないのがありがたい。

天文学や歴史、物理学など興味の赴くまま多ジャンルの読書にいそしむのもいい。

現役時代の専門分野を「仕事のため」でなく「知的好奇心を刺激するため」に読んでいくことにも意味がある。たとえば辞書を引きつつ外国語の文献を読んだり、専門分野とは少しだけずれたところを追求してみるのも面白い。

読みたい本が多すぎるときは速読術を学ぶのもひとつの方法である。熟練してくると、斜め読みでも、求める知識や娯楽などの核心は吸収できるようになる。

読書会をつくるのもいいと思う。

同じ本を読み、感想を語り合う仲間がいると、複眼的な視点を持つことができる。そこには読書好きが集まるので、交換読書ができるのもいい。

もうひとつ、おすすめしたいのは、本を持って旅に出ることである。

現役時代、行きたいと思って行けずにいた幻の目的地に旅する。ひとりで行くのもいいし、妻や友人たちと行くのもいい。

旅行中には、その場所を舞台にした小説やその歴史を紐解く紀行文などを読む。それによって旅の意味が深まる。

このように考えていくと、老齢になっても、やること、学ぶことはいくらでもある。退屈している場合ではないはずだ。

誰かの役に立つことは、心の筋肉を動かす

毎日、何をやっていいかわからない。やることがない……。

そうなってくると、人間はどうしても気力を失いがちになる。

足を悪くしたりすると、いっきに心も身体も弱らせてしまう人が多いのもそのためだといえる。足のケガに限らず、入院中などにもそうなりやすい。病気による症状とは別に無気力になっていく人はよく見かけられる。

入院中にしても、ちょっとしたことから張り合いが生まれるケースもないわけではない。たとえばある病院では、院内の案内や患者の介助など、簡単な仕事をするボランティアを患者のなかから募るようにしていた。経費の問題だけでなく、患者のことを考えてのことなのだろう。入院生活によって気持ちを弱らせてしまっていた患者がその役割を引き受けると、元気を取り戻していくことが多かったというのだ。

ボランティアとして活動するうちに、自分を頼りにしてくれる人がいるのに気がつく

からだと考えられる。誰かの役に立つことや小さな労働は、心の筋肉を動かすということがよくわかるエピソードである。

こうした変化を起こすのは、ボランティア活動だけには限らない。

目の見えない人をわずかな距離でも誘導してあげたり、土地に不案内な人を目的地まで案内してあげたりすれば、やった側の心は、ぽっと温かくなる。

ご近所に住む足の不自由な人の買物を代行するなどといった小さな労働でも、そこに人間同士の関わり合いが生まれるものである。

それが、喜びとなり、張り合いとなる。人間は、自分が他人の支えになっているというだけで、責任とやりがいを覚える。

高齢者に対して、「何もしなくていいから」と言う人がいる。体力が落ちてきた高齢者に善意から、「おじいちゃんは座っていて」、「おばあちゃん、家事は私がやるから」などというわけだ。

しかし、人間というのは、働きたい、何か人の役に立ちたいという気持ちを絶えず持っている。多少、体が不自由になっても持ち続けるものである。

家の中で「お客さん」扱いされるのはかえってつらいということは先にも書いている。「何もしなくていい」というのは、「生きるな」と言っているのに等しい。

何歳になろうとも、何かをやりたい気持ちはある。

そういう気持ちはなくしてはならないし、奪ってはいけない。

「気くばり」、「心くばり」、「目くばり」

病院のボランティアのケースとも関係するが、介護という仕事の本質は「気くばり」、「心くばり」、「目くばり」にある。

それが行き届いていると、相手からは感謝される。それによって「自分にはニーズがある」と確認される相互作用が生まれる。

自分が他者から求められる存在だと自覚されれば、「生きがい」につながる。そのうえで自分をとりまく人間関係が良くなれば日々の楽しみは倍加していく。
いいことづくめだともいえる。

ボランティアなどには参加しなくても、他者への気くばりは、周りの人たちとの関係性のなかで重要な意味を持つ。

私はいつも周囲に気をつかっているように見えるらしく、「そんなことまでお気づかいなさらずに……」などとよく言われる。自分ではそんなつもりはなく、普通にふるまっているのに、そういうふうに見られやすい。

自分自身、何の無理もしていないので気疲れすることなどはない。むしろ、わざわざ鈍感にふるまおうとしたほうが疲れるはずである。

持って生まれた性格といえる部分はあるのかもしれない。

「KY＝空気が読めない」と言われるような人たちは、悪気があって場の雰囲気に逆らおうとしているわけではないのだろう。場の状況を摑んで、何をするのが求められるかを察知するのが苦手なだけである。そういう人こそ、「気くばり」、「心くばり」、「目くばり」ということを考えてみるのがいいのではないだろうか。

老齢になってから急に人との接し方を変えられるものではないと思われるかもしれないが、そんなことはない。

空気が読めないと言われるような人でも「相手がどう感じているか」、「何を望んでいるか」を少し想像してみるだけで、ずいぶん変わってくるはずだ。

どうすれば相手に喜ばれるかという発想を持つだけで、周囲の人たちとの関係性は良くなり、いつもいる場所の居心地が変わってくる。

それだけでも残された人生の意味合いは違ったものになってくる。

人間関係と気くばり

人間関係やTPOに合わせた気くばりというものもある。たとえば、家庭における気くばりと職場における気くばりでは性質が異なる。

家庭における気くばりでは、どうするべきかといったことはあまり考える必要がない。単純なやさしさや思いやりがあれば、それで成り立つ。

職場における気くばりになると、それだけでは不十分となる。社会的なマナーや人間関係を踏まえてどうするかを考えていく必要が出てくる。

仲間うちの気くばりは、その中間あたりといえようか。

かといって、それぞれの違いを難しく考える必要はない。

「相手への思いやりがあるかどうか」が問われるという本質は変わらない。

それに加えて、相手のミスを指摘したほうがいいか、しないほうがいいか、というような部分で、少しだけ相手のことを考えてみるようにすればいい。

都会と田舎をくらべたときもやはり、人間関係や気くばりのあり方は違ってくる。

都会では隣人との付き合いがあまりないように一定の距離感がある。そのため都会で行きすぎた気くばりは求められない。人の家の前にゴミが落ちていれば拾ってあげるのはいいとしても、場合によっては、親切の押し売りのようにもとられかねない。

そういう神経のつかい方をしなければならないというのは寂しい話だが、ある程度、ドライでいたほうがいいともいえる。

それに対して田舎の人付き合いは濃密だ。

わずらわしいと感じる人もいるわけだが、田舎においては誰との関係も他人づきあいにはなりにくい。人口一万人くらいの規模の町であれば、互いに互いを知っている場合がほとんどになる。ちょっと外出をすれば、それだけでも二、三人の知人には出会うことになるのである。

私の場合は田舎町に生まれ、ゲマインシャフト（地縁社会、血縁社会）のなかで育った。そういう濃密な関係のなかでの気くばりを両親やご近所衆から自然に教えられてきたともいえる。そのため、どちらかというと気くばりは濃密なものになっている。「気をつかいすぎだ」と言われることが多いのも、そんなバックボーンに由来しているのかもしれない。

私はそういう気くばりを都会に持ちこんでるわけだが、それで嫌がられることはない。

「そんなに気をつかわないでください」とは言われながらも、悪くない人間関係を構築できているのではないかと思う。過剰なものでない限り、気くばりをすることで嫌がられるケースなどはあまりない。

だからこそなのか、精神的な部分でいっても孤独にならずに済んでいる。

「横丁のご隠居」になるのもいい

社会との関わり方はそれぞれだろうが、昔の言葉でいうところの「横丁のご隠居」になることなども、孤独を避けるためのひとつの方法である気はする。

横丁のご隠居というのは、自分の経験を生かして困った人たちの相談に乗り、周囲の人たちの支えになる存在である。

いまは横丁という概念が崩れているので、こういう人物は少なくなっている。だからこそ、よけいに重宝されるはずだ。

横丁のご隠居と単なるご隠居の違いは、社会に参加しているか否かである。横丁のご隠居は、積極的に社会に参加している。知恵袋である以上に、住民を観察する目を持っている。朝の散歩で出会った人に、「やあ、おはよう。いってらっしゃい」と声をかけ、夕方に誰かと出会えば、「お帰りなさい、お疲れさま」と一日を労う。誰が独身なのかといったことまでよく把握しているので、縁結びもできる。

そうして社会と関わり続けていれば、人生が色褪せることはない。

老いて重要なのは、何かをやり続けるようにして、張り合いをなくさないことである。大きなお金を動かす事業などをやっていなくても、横丁のご隠居のような存在であったりするだけでいい。横丁のご隠居にならずとも、町内会や老人会で頑張っていたりするだけでもいい。お寺や神社の奉仕活動に参加するだけでもいいのである。

そういう日常を過ごしているうえで目標をなくさず、未知に挑戦していく心もなくさないでいたい。

この歳になって新しいことをするなんて考えられない、というような発想になってしまってはいけない。

人間はいくつになっても、新しいことを始められる。

常に未来を見つめられていれば、若者と同じ志、若者に負けない志を持つことができる。そうであれば、精神的にも肉体的にも若さを保っていける。

過去にばかり思いを馳せていれば干からびてしまう。

そうならないようにするためにも常に可能性を求めていきたい。

百歳まで元気に生きると自分で決めておき、百歳になったらそこでまた新しいことを始める。自分で「終わり」を決めつけてしまわない限り、人は楽しく生きていける。

おわりに
老いる意味

昨年末にいただいた「喪《も》中《ちゅう》欠《けつ》礼《れい》」には、なんと百歳の訃報が多かった。まさに日本人の寿命は百歳時代に突入したのを実感した。

昔は、長生きする老人が珍しかったので、年長者は無条件に敬われた。

しかし、高齢者人口が増えてきた現代ではそうはいかない。ただ長生きをしているだけでは邪魔者扱いされてしまいかねない世の中である。

現在の日本の医療制度では、六十五歳から七十四歳までが「前期高齢者」、七十五歳以上が「後期高齢者」とされている。こうして区分されること自体、気持ちがいいものではない。「後期」などと決めつけられれば腹立たしくもある。

老人（年寄り）とは何歳からを指すのかといえば、これも難しい。以前は六十五歳以上を「高齢者」といったのに、最近は六十五歳から七十四歳までは「准高齢者」と区分するのがいいのではないかという声もあるのだそうだ。

老いたら自分で歩くことを心がけるなどして、ふだんから身体を動かしておき、将来に介護が必要にならないようにしたい。

ただ、老いてくると病気をしたり、悩んだりするのは当然である。それを気持ち的にマイナスで捉えたりすることなく、歳相応の気持ちで明るく過ごす。

そのためには意識の部分も大切になる。何を見せられてもまったく興味を示さなかったり、聞こえている声にも反応しようとしなかったりするのでは壊れた人形とかわらない。何にでも興味を持ち、行動しようとする。

出来るなら社会に参加して、活動に関わり続けることも大切である。

誰かに世話されるより誰かの世話をする。あるいは何かに役立つことをする。それにより本人にも「自分がやらなければならない」という気持ちが芽生えてくる。

責任感や生きがいを持っていれば自分がしっかりしていられる。しっかりしているかどうかによって多くのことが分かれていくものである。何事も気持ちである。

七年前の夏、松尾芭蕉の奥の細道の蕉跡を追って、「奥の細道新紀行」を書いてみないかという依頼を角川歴彦氏から受けた。日本のロマンチック街道としての紀行とともに芭蕉の句に対応する句を私に詠んで欲しいという。

そのとき私は、眩暈《めまい》がするような衝撃を受け嬉しかった。私は俳句に写真を付ける「写真俳句」を提唱してブログに掲載していた。散歩中に俳句を詠み趣味としていた。若き日の一時期、俳人や歌人を夢見た私にとって「俳聖・松尾芭蕉」は見果てぬ夢であったからだ。

数年かけた奥の細道の旅には、角川氏と河合曽良役として編集者の永井草二氏も同行した。芭蕉の心音を感じながら、芭蕉の夢を感じることができた人生の旅であった。

本書は、この奥の細道の旅を共にした編集者として、長年の戦友の永井氏の依頼がなければ実現しなかった。その永井氏から「先生の作品には強いヒーローが登場しますが、病気もする、人生に苦悩する人間・森村誠一の老い方の本を作りませんか」という執筆依頼を受けた。

私は、「読者に夢を与える作家は、弱い一面を見せてはいけない」と一度は断った。だが、永井氏は引き下がらず「読者と同じように老いの中で葛藤する森村誠一の心の中を書いていただきたい」と熱弁され本書が出来た。老人性うつ病に苦闘したことも赤裸々に告白したつもりだ。

以前刊行した『老いる覚悟』『老いの希望論』『遠い昨日、近い昔』などの本から再編集した箇所もあるが、時間をかけて原稿を纏め上げたのが本書である。

人間老いれば、病気はするし、悩み苦しむ。老いれば他人にも迷惑をかけることもある。他人に助けてもらわないといけないことだらけだ。それが老いというものなのである。けれども何歳になっても夢は抱き続けられる。

私は八十八歳になった今でもそう思うのである。

ネバーギブアップ！

二〇二一年　初春

森村誠一

ラクレとは…la clef=フランス語で「鍵」の意味です。
情報が氾濫するいま、時代を読み解き指針を示す
「知識の鍵」を提供します。

中公新書ラクレ
718

老《お》いる意味《いみ》

うつ、勇気《ゆうき》、夢《ゆめ》

2021年 2 月10日初版
2021年12月25日11版

著者……森村誠一《もりむらせいいち》

発行者……松田陽三
発行所……中央公論新社
〒100-8152 東京都千代田区大手町 1-7-1
電話……販売 03-5299-1730　編集 03-5299-1870
URL http://www.chuko.co.jp/

本文印刷……三晃印刷
カバー印刷……大熊整美堂
製本……小泉製本

Published by CHUOKORON-SHINSHA, INC.
Printed in Japan　ISBN978-4-12-150718-1　C1295

中公新書ラクレ　好評既刊

L585
孤独のすすめ
——人生後半の生き方

五木寛之 著

「人生後半」を生きる知恵とは、パワフルな生活をめざすのではなく、減速して生きること。「前向きに」の呪縛を捨て、無理な加速をするのではなく、精神活動は高めながらもスピードを制御する。「人生のシフトダウン＝減速」こそが、本来の老後なのです。そして、老いとともに訪れる「孤独」を恐れず、自分だけの貴重な時間をたのしむ知恵を持てるならば、「人生後半」はより豊かに、成熟した日々となります。話題のベストセラー!!

L614
奇跡の四国遍路

黛 まどか 著

二〇一七年四月初旬、俳人の黛まどかさんは、総行程一四〇〇キロに及ぶ四国八十八か所巡礼に旅立った。全札所を徒歩で回る「歩き遍路」である。美しくも厳しい四国の山野を、施しを受け、ぼろ切れのようになりながら歩き継ぐ。倒れ込むようにして到着した宿では、懸命に日記を付け、俳句を作った。次々と訪れる不思議な出来事や奇跡的な出会い。お遍路の果てに黛さんがつかんだものとは。情報学者・西垣通氏との白熱の巡礼問答を収載。

L624
日本の美徳

瀬戸内寂聴＋ドナルド・キーン 著

ニューヨークの古書店で『源氏物語』に魅了されて以来、日本の文化を追究しているキーンさん。法話や執筆によって日本を鼓舞しつづけている瀬戸内さん。日本の美や文学に造詣の深い二人が、今こそ「日本の心」について熱く語り合う。文豪たちとの貴重な思い出、戦争や震災後の日本への思い、そして、時代の中で変わっていく言葉、変わらない心……。ともに96歳、いつまでも夢と希望を忘れない偉人たちからのメッセージがつまった対談集。